失重

〔美〕斯蒂芬·金 著　鄢宏福 译

ELEVATION

斯蒂芬·金作品系列

STEPHEN KING

人民文学出版社
PEOPLE'S LITERATURE PUBLISHING HOUSE

著作权合同登记号　图字 01-2019-8040

图书在版编目(CIP)数据

失重 / (美) 斯蒂芬・金著;鄢宏福译. —北京:人民文学出版社,2021
(斯蒂芬・金作品系列)
ISBN 978-7-02-015959-8

Ⅰ. ①失… Ⅱ. ①斯… ②鄢… Ⅲ. ①中篇小说-美国-现代 Ⅳ. ①I712.45

中国版本图书馆 CIP 数据核字(2020)第 032212 号

出 品 人　黄育海
责任编辑　卜艳冰　张玉贞
封面设计　陈　晔

出版发行　人民文学出版社
社　　址　北京市朝内大街 166 号
邮政编码　100705
网　　址　http://www.rw-cn.com

印　　刷　杭州钱江彩色印务有限公司
经　　销　全国新华书店等

字　　数　90 千字
开　　本　890 毫米×1240 毫米　1/32
印　　张　4.125
版　　次　2021 年 1 月北京第 1 版
印　　次　2021 年 1 月第 1 次印刷

书　　号　978-7-02-015959-8
定　　价　39.00 元

如有印装质量问题,请与本社图书销售中心调换。电话:010-65233595

纪念理查德·马特森[1]

① 理查德·马特森（1926—2013），美国畅销书作家，其通俗文学作品影响了众多当代知名作家。

目录

第一章

体重下降

斯科特·凯里敲了埃利斯公寓的门，鲍勃·埃利斯让他进屋（埃利斯已经退休五年，但在海兰埃克斯这个地方，大家仍然称呼他鲍勃医生）。“噢，斯科特，你来啦。十点钟，准时得很呐。你怎么啦？”

斯科特身材魁梧，只穿袜子身高六英尺四英寸[①]，肚子略微挺起。“我也说不准。可能没什么，不过……出了点问题。但愿不严重，也可能严重。”

“这个问题，怎么不去找你经常看的医生？”埃利斯今年七十四岁，一头银发日渐稀疏，步履略显蹒跚，但他在网球场上动作倒是不慢。他和斯科特就是在网球场上结识，成了朋友。他们或许算不上亲密无间的朋友，但毫无疑问是朋友。

“哦，我去看过，”斯科特说，“做了检查。检查早就该做了。验血、验尿、检查前列腺，七七八八，查了个遍。胆固醇略微偏高，但还在正常范围内。我担心的是糖尿病。WebMD[②] 上说糖尿病的可能性最大。”

紧接着，他发现了衣服的问题。对于这个问题，医学网

① 约合 1.9304 米。
② WebMD 是美国互联网医疗健康信息服务平台，为消费者提供医疗健康资讯。

站和别的网站上都没有提到。这个问题肯定与糖尿病无关。

埃利斯带他进了客厅，客厅的巨大飘窗俯瞰着城堡岩第十四号绿地。现在他和妻子就住在这个封闭式社区里。鲍勃医生偶尔打打高尔夫，但是大多数时间他打网球。倒是埃利斯的妻子喜欢打高尔夫，斯科特心想，这两口子不去佛罗里达州类似的体育小区过冬，而是住在这里，原因就在这儿。

埃利斯说："迈拉不在家，她去了卫理公会妇女群。估计是去了教会群，不过她还参加了镇上别的委员会。明天，她还要去波特兰参加新英格兰真菌学会。这个老娘们上蹿下跳，活像只热锅上的母鸡。你把外套脱了，坐下来，说说你在担心什么。"

尽管现在刚进十月，天气并不太冷，斯科特已经穿上一件乐斯菲斯大衣。当他脱下大衣放在身边的沙发上时，衣服口袋里叮当作响。

"来点儿咖啡？还是茶叶？还有早餐饼，如果……"

"我的体重在下降，"斯科特突然说道，"我担心的就是这个。我以前从来不理会浴室里的体重秤，因为过去十来年我的体重没怎么变。现在我每天早上做的第一件事就是去称重。"

埃利斯点点头。"我明白了。"

他倒是没必要回避浴室秤，斯科特想，这家伙的奶奶肯定会说他长得像根"细绳"。如果不出什么变数，他很可能会再活二十年，甚至能活到一百岁。

“不想称重的情况，执业的时候我见得多了。我还看过相反的症状，强迫称重。大多是贪食和厌食的患者。你看起来可一点儿苗头也没有。”他身体向前倾，双手交叉，放在瘦弱的大腿中间，“你知道我已经退休，对吧？我能提供建议，但不能开处方。我可能得建议你回去找你经常看的医生，原原本本地将这个情况告诉他。”

斯科特笑了。“恐怕我的医生会让我立即到医院去做检查，上个月我刚找到一份重要的工作，给一家连锁百货商店设计连锁网站。具体细节我不想多说，但这是一份称心如意的工作。得到这份工作，我很幸运。这对我来说是一次很大的提升，做这份工作，我不用离开城堡岩。电脑时代的好处就在这儿。”

“但是健康出了问题，还怎么干工作呢？”埃利斯说，“你是个聪明人，斯科特。我相信你知道不止糖尿病会引起体重下降，癌症和其他疾病也伴有这种征兆。你的体重降了多少？”

“二十八磅[①]。”斯科特朝窗外看去，湛蓝的天空下，洁白的高尔夫球车在绿草地上行驶。这如果拍成照片，放到海兰埃克斯的网站上效果肯定不错。他们肯定有网站——现在大

---

① 1 磅约合 0.9 斤。

家都有网站，连卖玉米卖苹果的路边摊都有网站，但网站不是他创建的。他早已经转向更大的项目。“到目前为止降了这么多。”

鲍勃·埃利斯咧嘴笑了，嘴里的牙齿还是真牙。“嗯，真是降了不少，但我觉得你还能承受。对你这样的大块头来说，你在网球场上真算是身手矫健，你还在健身房里做器械锻炼，不过超重不仅对心脏有压力，对整个身体都不好。这一点我相信你知道。WebMD 上有相关资讯。”他翻了个白眼，斯科特笑了。“你现在有多重？”

“猜猜。”斯科特说。

鲍勃笑了。“你当这里是县集市吗？我的丘比娃娃[①]已经卖完喽。”

“你当全科医生多久了，三十五年了吧？”

“四十二年。”

“那你就不要谦虚，你称过的病人成千上万。”斯科特站起身，他身材高大，穿着牛仔裤、法兰绒衬衫和磨损的佐治亚工装靴。他看起来不像网页设计师，倒像伐木工或者牧马人。“猜猜我的体重。我们稍后再谈我的命运。”

鲍勃医生用专业的眼神上下打量斯科特·凯里，他身高七十六英寸——穿上靴子更像是七十八英寸。他特别留意皮

① 丘比娃娃 1909 年诞生于美国，在二十世纪早期广受欢迎，被认为是美国第一批大规模销售的玩具之一。

带上方肚子的曲线，以及在蹬腿和深蹲器械上练出来的大腿肌肉。现在鲍勃医生已经无力使用这些健身器械。“解开扣子，把衬衫敞开。”

斯科特按医生的话做，露出灰色的T恤衫，上面印着“缅因大学竞技运动系”。鲍勃看到他胸膛宽阔、肌肉发达，但是已经出现脂肪堆积，有些调皮捣蛋的孩子会说这是“大胸男”。

“我看……”埃利斯顿了一下，顿时对这个挑战来了兴趣，“我看你有二百三十五磅，或者二百四十磅。也就是说，你的体重开始下降之前肯定有二百七十磅左右。我真得说，你在网球场上身手矫健。真没想到你有这么重。”

斯科特回想起来，这个月早些时候，当他终于鼓起勇气走上体重秤的时候他多么开心。说实在的，他感到心花怒放。是的，之后他的体重稳步下降，这有点儿让人担心，但也就那么一点点担心而已。是衣服的问题让他的担心变成了害怕。不需要上 WebMD 咨询就能知道，衣服的问题不只是奇怪：简直他妈的匪夷所思。

屋外，一辆高尔夫球车驶了过去。上面坐着两个中年男子，一个穿着粉色短裤，另一个穿着绿色短裤，俩人都很肥胖。斯科特想，如果他们抛开球车自己走路的话，会更有利于健康。

“斯科特，”鲍勃医生说，“你怎么了？我说得不对？”

“哦，”斯科特说，“上次我们打网球的时候，我的确有二百四十磅。我记得很清楚，那会儿我终于开始关注体重。我下定决心减肥。因为球才打到第三局我就上气不接下气。但是今天早上，我的体重是二百一十二磅。”

他又在大衣旁边坐下（大衣口袋里又发出叮当的响声）。鲍勃仔细打量他。“我看你不止二百一十二磅重，斯科特。恕我直言，你看起来远不止这个数。”

“但是我很健康呀？”

“是。”

“没有毛病。”

“是。看起来是没毛病，不过……”

“你有秤吗？肯定有。我们来测一下吧。”

鲍勃医生沉思片刻，他琢磨着，斯科特的真正问题会不会出在他眉毛上方的灰色物质里。根据他的经验，大多数情况下只有女性会对体重过分关注，当然，男性身上也会出现。“好吧，我们测一下。跟我来。”

鲍勃带他进入书房，书房里面堆满书架。一面墙上挂着镶边的人体解剖图，另一面墙上挂着一排学历证书。斯科特的眼睛盯着电脑和打印机中间的镇纸。鲍勃顺着他的眼神一看，笑了起来。他从桌上拿起颅骨，扔向斯科特。

“是塑料的，不是骨头。别怕掉在地上。这是我大孙子送的礼物。他今年十三岁，这个年龄的孩子挑的礼物真是毫无品位。站上来，看看你有多重。”

书房角落里有一台体重秤，像个龙门架一样，上面有一大一小两个砝码，移动砝码，秤杆就能平衡。埃利斯在秤上拍了一下。“我在市中心的诊所关门时，只留下了两样东西，一个是人体解剖图，另一个是这台秤。赛康牌的，这是有史以来最精准的一款医用体重秤。是我太太送的，很多年了，相信我，没人会说她没有品位，也没人会说她买廉价货。”

“这秤准吗？”

“这么说吧，一袋二十五磅重的面粉，要是这台秤称出来的结果是二十四磅，我肯定会去汉纳福德商店退货。要想称出真实体重，得把靴子脱掉。你把大衣拿进来干什么？”

“等会儿告诉你。”斯科特没有脱靴子，而是穿上大衣，顿时口袋里又传来叮当的响声。他不仅穿戴齐全，他的衣服足以抵御比今天更冷的天气。他站到秤上。“看看吧。”

考虑到靴子和大衣的重量，鲍勃将配重一直调到二百五十磅，然后往回调，先是大幅度移动砝码，然后轻轻敲动。秤杆的指针落向二百四十磅、二百三十磅和二百二十磅。鲍勃医生觉得这不可能。且不说大衣和靴子；斯科特·凯里的净重也不止这么多。他的估计可能相差几磅，但是他测过的男女肥胖患者不计其数，不可能估偏这么多。

指针在二百一十二磅上稳定下来。

“真是活见鬼，”鲍勃医生说，“我得找人把秤重新校准一下。”

“不是秤的问题。”斯科特说。他从秤上下来，双手插进口袋。两只手各掏出一把二十五美分的硬币。“这是我在一个老便壶里存了多年的硬币。诺拉离开时，便壶快装满了。我的两只口袋里各有五磅重的硬币，或许更重。”

埃利斯一言不发。他无言以对。

“现在你明白我为什么不去找亚当斯医生了吧？”斯科特把硬币顺进口袋，又是一阵叮当响。

埃利斯终于开了口：“看我理解得对不对——你在家里称的也是这么重？”

“一磅不差。我的是奥泽瑞牌健康秤，质量可能没有这个好，但是我测试过，很准。你再看看这个。我脱衣服一般会放点儿脱衣舞音乐，不过既然我们在健身房更衣室里一起脱过衣服，音乐就免了吧。”

斯科特脱下大衣，挂到椅背上。然后，左右手先后扶着鲍勃医生的桌子，脱下靴子。之后脱下法兰绒衬衫。他解开皮带，脱下牛仔裤，只穿着内裤、T 恤和袜子。

“我还可以继续脱，”他说，“不过我想这样就够了。你看吧，这就是让我害怕的原因。问题出在衣服上。这就是我为什么不去找我经常看的医生，而是告诉能保守秘密的朋友。”他指着地上的衣服和靴子，然后指着口袋下垂的大衣。“你看这些东西有多重？”

“加上硬币？少说有十四磅。可能有十八磅。想不想称一下？”

“不用称了。”斯科特说。

他又站到秤上。没必要调整砝码。指针仍然指着二百一十二磅。

斯科特穿上衣服，俩人回到客厅。鲍勃医生给俩人各倒了一些伍德福德珍藏，现在才上午十点，但斯科特没有拒绝。他一口喝下，威士忌喝到胃里，火辣辣的，感觉很舒服。埃利斯小酌了两口，仿佛是在品味，然后一饮而尽。“不可能，知道吧？”他把杯子放到茶几上时说。

斯科特点点头。“我不想告诉亚当斯医生还有个原因。”

“因为你的病历会进诊疗系统，”埃利斯说，“会留下记录。没错，他会坚持让你接受检查，查明真相。”

斯科特嘴上没说，但他心里觉得“坚持”这个词说得太客气。在亚当斯医生的诊疗室里，跳进他脑海里的词是“强行拘留”。这时，他已经决定闭口不谈，转而告诉退休的医生朋友。

“你看起来像二百四十磅，”埃利斯说，“你觉得是这样吗？”

“不完全是这样。我觉得有点儿……嗯……真实体重二百四十磅的时候我觉得有点儿拙重。恐怕字典里没有这个词，但是我只能这么说。”

“我觉得这个词说得很好，”埃利斯说，“谁管他字典里有没有这个词。”

“我知道我超重了，但不仅是超重的问题。问题是体重、年龄，还有……”

“离婚？”埃利斯和声细语地说，鲍勃医生说话一贯是这样。

斯科特叹口气。“当然了，肯定有影响。离婚给我的生活留下了阴影。现在好些了，我感觉好些了，但是阴影还在。这个实不相瞒。但是，就身体来说，我从来没感到不舒服，每个星期还在外面打三次球，打到第三局才感觉呼吸困难，但是……有点儿拙重，知道吧。现在却没有这个感觉，至少感觉不怎么明显。”

“体力增强了。”

斯科特想了想，摇摇头。“那倒不是。感觉更像是同样的体力支撑得更久了。”

“没有感觉精神萎靡？或者疲劳？”

“没有。”

“没有感觉食欲不振？”

“胃口很好。”

“再问个问题，你不要介意，我得弄清楚。”

“问吧，没什么。”

“你不是开玩笑，对吧？捉弄我这个退休的老家伙？”

“当然不是，”斯科特说，“恐怕没必要问你见没见过类似的情形，我只想问你有没有在哪儿读过类似的情形？”

埃利斯摇摇头。“跟你一样，我一直在想衣服的问题。还有大衣口袋里的硬币。”

我们上了同一条船了，斯科特想。

“没有人会在不穿衣服和穿衣服时体重一样。这跟万有引力定律一样明确。”

“你能不能在医学网站上查查，有没有像我这样的病例？或者类似的病例？”

“我可以查查，但是我现在就可以告诉你，没有。”埃利斯犹豫一下，“不仅我没有见过，人类历史上压根儿没有出现过。天哪，我想说这不可思议。如果你我的秤都没问题的话，当然，我想秤也不会有什么问题。你怎么了，斯科特？这事儿是什么时候开始的？你有没有……怎么说呢，受到辐射？比方说肺里吸入了什么杂牌杀虫剂？想一想。”

“我想过。据我所知，这些情况都不存在。但是有件事很确定，向你倾诉之后我感觉好多了，不用再闷在心里。”斯科特站起来，抓起外套。

“你去哪里？”

“回家。我在做网站设计。这是个大业务。不过我得告诉你，现在看起来也没有以前想象的那么大。”

埃利斯陪他走到门口。“你说你留意到体重在逐渐下降。速度比较慢，但很稳定。”

“对。每天下降一磅左右。”

“不管吃什么都这样？”

“是的，”斯科特说，“万一持续下去怎么办？”

“不会的。”

“你怎么知道？如果不受人类经验支配怎么办？”

鲍勃医生无言以对。

“别告诉别人，鲍勃，拜托。”

“如果你跟我保持沟通，我就保密。我很担心你。”

“这好办。”

他们并排站在门廊上，看着天气。今天天气晴朗。树叶色彩缤纷，远处万山红遍。“八卦一下，”鲍勃医生说，“你跟开餐馆的邻居女士们相处得怎么样？听说你们闹了矛盾。”

斯科特没有追问埃利斯是从哪里听来的消息；城堡岩是个小镇子，流言蜚语传得飞快。他想，碰巧退休医生的妻子参加了各种各样的镇委员会和教会组织，流言散布的速度自然更快。“如果麦库姆和唐纳森听到你叫她们‘女士们’，她们就会把你拉进黑名单。我现在遇到这样的问题，哪里还有心思理会她们。”

一个小时后，斯科特坐到了自己的书房里，他的房子位于城区外的维尤堡，是一幢漂亮的三层住宅。这个位置的房价超过了他的承受能力，但是当时诺拉想得到房子，而斯科特想得到诺拉。现在诺拉到了亚利桑那州，他一个人住着两个人住都嫌大的房子。当然，家里还有一只猫。他心里清楚，诺拉离开比尔比离开他更难受。这么想似乎有点儿刻薄，但是现实经常就是如此。

电脑屏幕中间是“霍克希尔德·科恩网站草稿文件 4”这几个字。霍克希尔德·科恩并非他现在效力的连锁百货商店，这家商店已经倒闭近四十年了。但是，对于这么大型的项目来说，防范黑客是必要之举。所以他给公司取了个假名。

斯科特双击一下鼠标，一张古色古香的霍克希尔德·科恩百货商店的照片出现在屏幕上（百货商店最终被现代建筑取代，归他们这家公司所有）。照片下面写着：你贡献灵感，我们负责一切。

他正是凭借这句宣传口号赢得了这份工作。设计能力是一方面；灵感和聪明的口号是另一方面。能兼具两者，你就会变得与众不同。他就是这样一个与众不同的人，这是他证明自己的机会，他想充分利用这个机会。最终，他会进入广告代理公司，他对此心知肚明，他们会修改他的线条和图案，但他觉得这个口号会保留下来。他的基本理念大部分都会保留下来。这些理念足以让他的公司战胜纽约的大多数公司。

他再次双击鼠标，屏幕上出现了一间客厅。客厅里空空如也，连基本的陈设都没有。窗户外面是一块绿地，碰巧是海兰埃克斯高尔夫球场的一部分，迈拉·埃利斯曾多次在这里打高尔夫。有时，迈拉的四人组里还有斯科特的前妻。现在他前妻住在弗拉格斯塔夫市（或许她在那儿打高尔夫）。

小猫比尔走进书房，睡眼惺忪地“喵”了一声，然后在他腿上磨蹭起来。

“肚子饿啦，”斯科特喃喃地说道，“再等几分钟。”说得好像猫知道几分钟有多久，或者猫有时间观念一样。

好像我自己有时间观念一样，斯科特想。时间是无形的，与重量不一样。

啊，或许不是这样。是，你能感觉到重量——当你超重时，你会感到拙重。但是与时间一样，重量总体上不就是人为建构出来的概念吗？钟表的指针，浴室秤的读数，不都是人类在尝试度量那些具有有形效果的无形力量吗？对于人类有限认知的现实之外更大的现实来说，这么做不是徒劳吗？

“随它去吧，再想下去你会把自己逼疯。”

比尔又“喵”地叫了一声，斯科特把注意力又集中到电脑屏幕上。

空旷的客厅上方有一个搜索框，里面有“挑选风格”这几个字。斯科特键入“早期美式风格”，屏幕并没有突变，而是一点一点地变得生机勃勃，仿佛每一件家具都经过购物者精心挑选，并最终组合到一起：几把椅子、一套沙发、用模板印的粉色墙壁（不是用壁纸贴的）、一台赛斯托马斯钟表、地上铺着的好太太拼接地毯。壁炉里有一小团温暖的火焰。天花板上，木辐条下挂着防风灯。这有点儿不符合斯科特的品位，但是跟他打交道的销售员喜欢这些，而且向他保证未来的顾客会喜欢这些。

他可以挥一挥手把客厅、卧室、书房都装修成早期美式风格；也可以返回搜索框，将这些虚拟现实的房间装修成殖民地风格、要塞风格、手工匠风格或者乡村小舍风格。当然，今天的任务是安妮女王风格。斯科特打开笔记本电脑，开始挑选展示家具。

四十五分钟后，比尔又走回来，磨蹭的动作和叫声更加强烈。

“好啦，好啦。”斯科特一边说，一边站起身。他走进厨房，比尔翘起尾巴在前面引路。比尔脚步轻盈，斯科特觉得自己的脚步也十分轻盈。

他把喜跃牌猫粮倒进猫碗，趁比尔吃食的间隙，他走到门廊里呼吸新鲜空气，等会儿他还会回到塞尔比翼椅、温弗瑞长沙发、胡兹高脚柜的世界，这些家具的腿都是安妮女王风格的。他觉得这是殡仪馆里的家具风格，笨重的家具，却要营造轻盈的效果，管它呢，萝卜青菜各有所爱。

他正好看到鲍勃医生所说的“女士们”，从她们的私家车道走出来，转弯走进维尤路。超短裤下，露出闪亮的长腿——迪尔德丽·麦库姆穿着蓝色超短裤，米西·唐纳森穿着红色超短裤。俩人穿着一模一样的T恤，上面印有她们在卡宾街上开的一家餐馆的广告。她们身后，跟着两条拳师犬，长得几乎一模一样，名叫咚咚和叮叮。

斯科特离开时鲍勃医生所说的话（或许医生只是想在见面结束时缓和一下气氛）又回荡到他耳边，他说斯科特跟开餐馆的女士们在闹矛盾。这话不假。这个矛盾还没有发展到剑拔弩张的地步，也没有莫名其妙的体重下降那么严峻。这个更像是迁延不愈的口唇疱疹。最惹人恼火的是迪尔德丽，她总是露出一副略显盛气凌人的笑容——这副笑容似乎在说，上帝啊，帮我容忍这帮傻瓜吧。

斯科特心里突生一计，他冲回书房（敏捷地从比尔身上跳过去，比尔正斜躺在门厅里），抓起平板电脑，然后跑回门廊，打开照相应用。

门廊被挡住了，所以在外面看不到他，不过两个女人根本就没有注意他。她们沿着道路远处的泥土路肩跑步，明亮的白色运动鞋交替前行，马尾辫左右摇摆。两条狗长得都很敦实，而且正值壮年，咚咚咚地跟在后面。

为了这两条狗，斯科特已经登门拜访她们两次。他两次都是对迪尔德丽说明情况，两次都耐着性子忍受她那盛气凌人的笑容，她说不确定自己家的狗有没有在他家草坪上拉屎。她还说，她们的后院装了围栏，她们每天出来的时候（“我和米西每天跑步时，叮叮咚咚总是跟着”。)，狗狗都很听话。

“我看它们肯定是闻到了我家猫的味道，”斯科特说，“这叫领地意识。我知道，我能理解你们跑步的时候不想拴着它们，但是我希望你们跑完回来的时候检查一下我的草坪，如果有必要的话仔细巡查一下。”

“巡查一下，”迪尔德丽说，她的笑容一点儿没变，“听起来怎么这么霸道呢，不过该说的我都已经说了。”

“随便你怎么说。”

“凯里先生，或许你说得对，有狗在你家草坪上拉屎，但不是我们家的狗。是不是有什么别的事情让你不爽？你不是看不惯同性婚姻吧？”

斯科特差点笑了出来，真笑出来可就太糟糕——太没谱了。“那倒一点儿都没有。要说看不惯，你们家的拳师犬给我留下惊喜包裹，你们看都不看一眼，我倒是真看不惯。”

“就这么着吧。”她说，脸上仍然挂着那种盛气凌人的笑容（还不足以让人恼怒——或许她就是想让人恼怒，但也足以让人来气），当着他的面关上门，动作很轻，但是很坚定。

几天来，这是他头一次抛开体重离奇下降的烦恼，斯科特看着这两个女人朝他的方向跑过来，两条狗尾随在身后大步跑动。迪尔德丽和米西一边跑步，一边说笑。她们红润的脸上闪着汗珠，青春洋溢。麦库姆这个女人显然技高一筹，明显可以看出她在等她的伴侣。她们丝毫没有留意狗，这倒算不上疏于看管。维尤路上行人车辆不多，尤其是中午这个时候。斯科特不得不承认，这两条狗一直绕开道路。至少，以此观之，这两条狗训练有素。

今天是抓不住现场喽，他想。准备充分的时候，该来的却总是不来。当然，能把麦库姆那怪异的笑容抹去倒是件乐事……

该来的最终还是来了。先是一条拳师犬突然转弯，接着另一条也掉转方向。叮叮、咚咚跑进斯科特家的草坪，肩并肩蹲下来。斯科特举起平板，迅速拍下三张照片。

当天晚上，斯科特早早地吃了晚餐。晚餐有白汁意面和巧克力芝士蛋糕。饭后他站到奥泽瑞健康秤上。这些日子，他一直希望事情能走上正轨。但是事与愿违。尽管他刚刚饱餐一顿，奥泽瑞显示他的体重降到了二百一十点八磅。

比尔坐在扣下的马桶垫上看着他，尾巴优雅地卷在爪子旁边。“唉，”斯科特告诉它，“该怎么样就怎么样，对吧？诺拉以前开完各种各样的会回家之后经常会说，生活是自己过出来的，不管遇到什么事儿，我们得坦然面对。”

比尔打了个哈欠。

“但是我们也能改变一些事情，对吧？你在家看着，我要去拜访一下邻居。”

他抓起平板电脑，走了四百米，到了一栋翻修过的农场住宅门前。从豆子餐馆开张到现在，麦库姆和唐纳森已经在这里住了大约八个月时间。他很清楚她们的作息时间，邻里之间不费吹灰之力就能知道彼此进进出出的时间。现在就是单独找迪尔德丽的好时机。米西是餐馆的厨子，通常在下午三点左右开始准备晚餐。迪尔德丽负责前台，一般五点才去。斯科特觉得，无论是在餐馆还是在家里，都是迪尔德丽主事。在斯科特的印象里，米西·唐纳森是个甜美的小妇人，对这个世界充满恐惧和惊奇。他觉得，其中恐惧的成分比惊奇要多得多。麦库姆除了充当米西的伴侣，是不是还充当着她的保护人？或许是吧。很有可能。

他走上台阶，按响门铃。门铃一响，叮叮、咚咚在后院里开始吠叫。

迪尔德丽打开门。她穿一身漂亮合身的裙子，毫无疑问，这身打扮站在柜台旁或者引导客人的时候风韵十足。她的眼睛十分出众，蓝灰色的眼睛令人神迷，眼角略微上扬。

"哟，是凯里先生呀。"她说，"真高兴见到你。"但她的笑容却是在说真讨厌见到你，"我应该邀请你进来坐坐，但是我得去饭店了。今晚预订的客人很多。你知道，他们都是来观光赏叶的。"

"我不会耽误你太久，"斯科特也笑着说，"我只想让你看看这个。"他举起平板电脑，让她能够看到叮叮、咚咚一起蹲在他家草坪上拉屎的照片。

她看了很久，脸上的笑容黯淡下来。看到这一幕，他并没有像之前期待的一样感到快乐。

“好吧。”她最后说。她声音中的那种做作消失了。少了这种做作，她听起来十分疲惫，声音比她的年龄（可能是三十岁）老了不少。“你赢了。”

“这不是赢不赢的问题，相信我。”这话一说出口，斯科特想起一位大学老师曾经说过，如果有人在说话时加了“相信我”这几个字，你就要小心。

“你已经证明了你说的话。我现在没时间去拾狗屎，米西已经去餐馆上班了，但是等到打烊以后我会去。你不用开门廊的灯。有路灯，我应该可以看见……弃物。”

“你不用去拾。”斯科特说得有点儿刻薄，有点儿过分，因为她说“你赢了”，“我已经用袋子装起来了。我只想……”

“想干什么？想置我于难堪？如果是这样的话，你的目的已经达到了。从今以后我和米西会去公园里跑步。你没必要到主管部门去投诉我们。谢谢你，晚安。”她准备关门。

“等一下，”斯科特说，“请等一下。”

她透过半掩的门面无表情地看着他。

“我从没想过为了几泡狗屎去找动物管理部门。麦库姆女士，你看，我只是想跟你们和睦相处。现在最大的问题是你们对我不理不睬，不愿意认真面对。邻里之间可不能这样，至少在这个地方不是这样。”

“切，我们还真清楚邻里之间是什么样子，”她说，“尤其是在这个地方。”她的脸上又出现盛气凌人的笑容，她面带着笑容关上门。但是，片刻之前，他看到她眼里闪出光芒，可能是泪光。

我们还真清楚邻里之间是什么样子，他走下山坡的时候回想着这句话。这他妈的是什么意思？

鲍勃医生两天后打电话给他，问他情况有没有改善。斯科特告诉他一切如故。他的体重已经降到二百零七点六磅。“真他妈的有规律，体重读数就像倒走的汽车里程表一样。”

“但是你的体型没有变化吗？腰围呢？还有衬衫尺码？”

“我的腰围仍然是四十，腿仍然是三十四。我不需要勒紧腰带。就算我像伐木工一样吃饭，也不用放松腰带。早餐吃鸡蛋、培根和香肠。晚餐蘸上酱什么都吃。每天至少摄入三千，甚至是四千卡路里的热量。你查过没有？”

“查了。”鲍勃医生说，“目前看来，从来没有这样的病例。有很多临床报告的病例，患者新陈代谢过快——就像你说的，像伐木工一样吃饭，但是身体仍然消瘦，但是没有人赤裸身体和穿上衣服时的体重一样。”

“哦，还不只是这样。”斯科特说。他又笑了。这些天他经常笑，考虑到他的身体状况，这可能有点儿疯狂。他像癌症晚期病人一样体重下降，但是工作进展十分顺利，他从未觉得如此高兴。有时候，他需要离开电脑屏幕休息一会儿，他就播放摩城音乐在屋里跳舞，比尔则在一旁看着他，像是在看疯子。

“告诉我还有什么情况。”

“今天早上我的体重刚好是二百零八磅。当时我刚冲完澡光着屁股。从壁橱里拿出哑铃，重量有二十磅，一只手一个，站到秤上。仍然是二百零八磅。”

电话另一端沉默了一会儿，然后埃利斯说：“你真是瞎扯淡。”

“鲍勃，谁要是扯淡，就不得好死。”

埃利斯又是一阵沉默，然后说：“感觉像是你的周围出现了抵消重力的力场。我知道你不想受到干涉，怕受刺激，但这可是闻所未闻的事情。事关重大。可能有超越人类认知的东西。”

“我不想把自己搞得像个怪人，”斯科特说，“你得设身处地为我想一想。”

“至少你可以考虑一下？”

“我考虑了很久。我可不想进《内部观点》小报名人堂，让我的照片出现在恶夜飞魔[①]和瘦长鬼影[②]中间。而且，我还有工作要完成。虽然我找到工作之前就离了婚，我还是答应

① 根据斯蒂芬·金的作品改编的同名悬疑、恐怖电影中的角色。
② 2018年在美国上映的同名悬疑、恐怖电影中的角色。

诺拉分些钱给她，我想她肯定用得上。”

“你的工作需要多长时间？”

“大概六个星期吧。当然，还要修改和测试运行，得忙到明年，但是完成主体工作六个星期足够。”

“如果维持这个速度不变，到时候你的体重会降到一百六十五磅左右。”

“但是看起来仍然很强壮，”斯科特笑着说，“还有那么重。”

“面对你这样的情况，你听起来倒是真乐观。”

“我感觉很乐观。这听上去有点儿怪，但是真的很乐观。有时，我想这是全世界最伟大的减肥计划。”

“话虽这么说，”埃利斯说，“但是结局会怎么样呢？”

与鲍勃·埃利斯通话不久后的一天，斯科特的前门响起一阵清脆的敲门声。如果他把音乐的音量再调高一点——今天放的是雷蒙斯乐队的歌曲，敲门声根本就听不到，他的访客就会转身离开。那样的话，对方倒是很可能会觉得轻松一些。他打开前门时，米西·唐纳森站在门外，看起来吓了个半死。这是拍完叮叮、咚咚在他家草坪上拉屎的照片之后，他第一次见到她。他认为迪尔德丽肯定说话算数，现在俩人已经开始到镇上的公园去遛狗。如果她们纵容拳师犬在那里到处跑，不管狗狗多么训练有素，她们真有可能会惊动动物管理部门的工作人员。公园有遛犬规定。斯科特看到过警示牌。

“唐纳森女士，”他说，“你好。”

这也是他第一次见她一个人，他刻意不迈过门槛，刻意不做任何出其不意的动作。从她的样子来看，如果他做出这样的动作，她可能会像小鹿一样跳下台阶，一路跑开。她一头金发，比不上她的伴侣那么美丽，但是长着甜美的脸蛋、澄澈的蓝色眼睛。她给人一种弱不禁风的感觉，让斯科特想起他妈妈的中国装饰瓷盘。很难想象，这个女人在冒着热气的餐馆厨房里，照管锅锅罐罐，一边摆盘，一边指导助手。

“有什么事吗？进来坐吧？家里有咖啡……如果你喜欢，还有茶叶。”

客套话还没说完，她就开始使劲摇头，马尾辫从一个肩膀甩到另一个肩膀。“我只是来向您道歉，代迪尔德丽向您道歉。”

“不用道歉，”他说，“也不用大老远把狗带到公园去。我只想让你们带上狗狗垃圾袋，回来的时候检查一下我的草坪。这么要求不过分吧？”

“一点儿都不过分。我也建议迪尔德丽这么做。她差点对我大发脾气。”

斯科特叹了口气。“很遗憾，唐纳森女士……”

“如果您愿意，可以叫我米西。”她低下头，脸上泛起红晕，像是说了什么不雅的话。

“好呀。我只想跟你们和睦相处。维尤路上大多数人相处得都很和睦，知道吗？我却出师不利，当然，我也不知道该怎么做才能扭转局面。”

她仍然看着地面，说：“我们到这里已经差不多八个月了，您跟我们——不管是我们中的哪一个——进行的名副其实的聊天只有一次，那就是我家的狗在您家草坪上拉屎了。”

真实情况并非如此。“你们搬进来之后我拿了一袋炸面圈去拜访你们，”他说得很没底气，“但是你们不在家。”

他以为她会问他为什么不再跑一趟，但她没有开口。

“我来代迪尔德丽道歉，我也想为她解释几句。”她说着抬头看他的眼睛。她鼓足了勇气才做到这一点——她双手紧扣，放在腰间的牛仔裤前。“她并没有生您的气，真的……好吧，她是生了您的气，但您不是唯一的一个。她生所有人的气。我们到城堡岩来就是个错误。我们来到这里，是因为这里比较适合做生意，物价很合理。再者，我们想离开城里，我说的是波士顿。我们知道这么做会冒险，但是看起来还能接受。还有，这座小镇风景如画。我想，这一点您是知道的。”

斯科特点点头。

“但是，我们可能要关门了。如果到了情人节生意还没有转机的话，肯定要关门了。这就是为什么她让人把她放到那张海报上。情况有多艰难她闭口不谈，但她心知肚明。我们两个都心知肚明。”

“她提到了观光赏叶的游客……大家都说今年夏天生意很好……”

“夏天生意的确不错，”她说，声音里平添了一些生气，“我们接待了一些赏叶的游客，但是大多数游客继续往西，去了新罕布什尔州。北康威有各式各样的奥特莱斯购物商店，还有很多观光活动。我看，到了冬天，去贝塞尔和舒格洛夫这些地方的滑雪爱好者会经过这里……”

斯科特知道，大多数滑雪爱好者会绕过城堡岩，走2号公路去缅因州西部滑雪场，但是这个时候没必要火上浇油让她平添烦恼。

“只有到了冬天，我们才需要当地人帮忙渡过难关，具体情况您肯定知道。冬季，本地人相互之间做些生意，相互帮衬，熬到夏天游客回来。五金商店、贮木场、帕齐餐馆……在淡季里都能勉强支撑。但是，只有豆子餐馆门可罗雀。店里有些客人，但远远不够。迪尔德丽说，这不仅因为我们是同性恋，而且因为我们结了婚。但愿她说的不是事实……但她说得对。”

“我肯定……”他的声音变得很低。这么说不对吗？他连想都没有想过这个问题，他怎么会知道？

“肯定什么？”她问，话里没有自大的口气，却透出真切的好奇。

他又想起浴室中的体重秤，想起秤上无情下降的数字。“说实话，我什么都不敢肯定。如果真是这样，我很遗憾……”

“您有时间的话，可以去吃顿晚饭。”她说。这么说可能是在奚落他从来没有去豆子餐馆吃过饭，但他觉得对方没有这个意思。他觉得这个年轻的女人没有奚落他的意思。

“我会去的，”他说，“真有豆子吗？”

她笑了。笑容让她容光焕发。“当然啦，应有尽有。”

他也对她笑了。“我这个问题问得够愚蠢。”

“我得走了，凯里先生……”

“叫我斯科特就好。”

她点点头。“好吧，斯科特。跟您谈话真高兴。我鼓足了勇气才来到这里，很高兴做了这个选择。”

她伸出手。斯科特伸手握住。

“还要请您帮个忙。如果您碰巧看到迪尔德丽，请别告诉她我来找过您。”

“没问题。”斯科特说。

米西·唐纳森造访之后的第二天，当他坐在帕齐餐馆吃午餐的时候，斯科特听到身后一张桌子上有人说，“那两个只能相互用嘴舔的女人开的破餐馆”。话一说完，引起一阵笑声。斯科特看了一眼吃了一半的苹果派和香草味冰淇淋。帕齐上菜的时候看起来很好吃，但他再也吃不下去。

是不是他之前听过这样的话，只是左耳进右耳出，没有当回事？因为旁听到的大多数内容都是些无关紧要的事情（至少对他来说是这样）。他觉得可能不是这样，也可能是这样。

餐馆很可能会关门，她之前说。我们得靠当地人帮衬才能渡过难关。

她用的是虚拟语气，仿佛豆子餐馆的窗户上已经挂了出售或者出租的标牌。

他站起身，在甜点盘上留下小费，付了支票。

“派没吃完呀？”帕齐问道。

“看来我的眼睛比胃大了一点儿。”斯科特说，事实并非如此。他的眼睛和胃仍然跟以前一样大，只是重量越来越轻。有一点很神奇，如今他感觉无所谓，也不再担心。还有一点前所未有，他有时会全然忘记体重下降的事。当他等待抓拍叮叮、咚咚蹲在他家草坪上的照片时如此，现在也是如此。这时他脑子里想的只有关于“相互用嘴舔”的闲话。

说这话的桌上坐着四个男人，个个身材高大，穿着工装。窗沿上摆着一排安全帽。这些人穿着橙色马甲，上面印着“城堡岩公共工程”几个字。

斯科特从他们身边经过，走到门口打开门。突然，他改变主意，走到养路工人坐的桌子旁边。其中有俩人他认识。他跟其中的一个打过扑克牌。这人名叫龙尼·布里格斯，跟他一样，是镇上的居民。大家是邻居。

“知道吗？这么说别人很没教养。”

龙尼一脸疑惑地抬起头。他认出了斯科特，咧嘴笑了。“嗨，斯科特，最近怎么样？”

斯科特没有理会他。“这两个女人就住在我家附近。她们很正常。”说实话，米西没问题，麦库姆有没有问题他还真不确定。

另一个男人把胳膊叉到宽阔的胸前。“关你什么事？”

“不关我的事，但是……”

“不关你的事，就给我走开。”

“但是让我听到了。”

帕齐餐馆地方狭小，中午总是坐得满满当当，餐馆里人声嘈杂。现在，聊天的声音和叉子触碰餐盘的声音顿时停下来。大家转过头来。帕齐站在收银台旁，高度警惕。

“我再说一遍，伙计，你给我走开。我们说什么不关你的事。”

龙尼迅速站起身。“嗨，斯科特，我陪你一起出去吧。”

“不用了，”斯科特说，“我不用人陪，我要先把话说明白。你在那里吃饭，饭菜的好坏跟你有关。菜做得不好，你想怎么说就怎么说。但是这两个女人这辈子干什么，跟你没关系。”

之前问斯科特关他什么事的男人，撒开双手，站起身来。他没有斯科特高，但他更年轻，肌肉更发达。他粗壮的脖子和脸已经涨红。“你最好闭上你的大嘴巴滚出去，别让我动手。”

“行啦，行啦。”帕齐严厉地说，“斯科特，你该走了。”

他没有争辩，走出餐馆，深深地呼吸了一口十月凉爽的空气。身后有人敲了一下玻璃。斯科特转身看到粗脖子男人正在往外看。他竖起一根指头，仿佛在说等一下。帕齐餐馆窗户上贴着各式各样的海报。粗脖子撕下一张，走到门口，打开门。

斯科特攥紧拳头。自从小学打架（那是一场精彩的战斗，持续了十五秒钟，一连出了六拳，其中四拳打空了）到现在，斯科特再也没有动过拳头，突然间，斯科特很期待这次打斗。他感觉脚步轻盈，已经做好应战准备。他一点儿也不生气，倒是十分高兴，十分乐观。

像蝴蝶飞舞一样轻盈，像蜜蜂蜇人一样敏捷，他心想。来吧，小子。

但是粗脖子不想打架。他把海报揉作一团，扔到人行道上，掉落在斯科特脚下。“带上你的女朋友，”他说，“带回家看着她打飞机吧。你得不到她的人，就这么意淫吧。”

他回到餐馆，坐到桌旁，表情十分得意：挑衅结束了。

斯科特意识到餐馆里所有人都朝窗外看着他，他捡起揉作一团的海报，漫无目的地走了，他只是不想被人盯着。他并不感到羞愧，也没有因为在城堡岩餐馆里众目睽睽之下挑事而感到自己的行为很愚蠢，但是这些好事的眼睛让人恼火。他不明白，为何有些人喜欢站到舞台上唱歌、表演、讲笑话。

他把海报摊平，心里想到的第一件事就是米西·唐纳森所说的话：这就是为什么她让人把她放到那张海报上。“他们”看来指的是城堡岩“火鸡快跑”比赛组委会。

海报中央是迪尔德丽·麦库姆的一张照片。照片上有很多跑步选手，大多数人都在她后面。她的蓝色超短裤腰间别着硕大的19号数字，她上身穿一件T恤，前面印有“2011年纽约市马拉松”。在斯科特看来，她脸上的表情与她一点都不相称：她的脸上洋溢着幸福。

照片说明是：豆子餐馆，带给您全新的用餐体验。餐馆合伙人迪尔德丽·麦库姆，接近纽约市马拉松终点线，最终赢得女子组第四名。她声明说要参加城堡岩今年的一万二千米跑——“火鸡快跑”比赛。你会参加吗？

照片说明下方是赛事的详细信息。城堡岩一年一度的感恩节赛跑将在节日之后的星期五举行，赛道从维尤堡的休闲中心开始到镇中心的廷桥结束。各个年龄段的选手都可以参加，报名费本地成年人五美元，外地人七美元，十五岁以下两美元，登记地点在城堡岩休闲中心。

看到照片上这个女人脸上洋溢的幸福——这是跑步者最单纯的愉悦感，斯科特终于明白，米西有关豆子餐馆命运的论断并没有夸张。一点儿都没有夸张。迪尔德丽·麦库姆是个心高气傲的女人，防卫意识很强——在斯科特看来，未免太强了点儿。可能只是为了在海报上提一句“豆子餐馆，带给您全新的用餐体验”这几个字，她让别人使用自己的照片，铤而走险在所不惜。只要能招来更多顾客，她什么事情都愿意做，如果他们单纯为了欣赏一下站在柜台旁边的一双长腿的话。

他把海报折起来，塞进牛仔裤屁股口袋里，缓慢地朝主街走去，一边走一边查看商店窗户。窗户上贴着各种各样的海报——有豆子晚餐海报，有牛津平原高速公路停车场举行的年度大型庭院拍卖会海报，有天主教会的招待会海报，还有消防站的百乐餐[①]海报。他在城堡岩电脑销售服务商店窗户上看到火鸡快跑比赛的海报，但直到抵达诺克书店才看到第二张。不过书店只是位于街道尽头的一栋矮小建筑。

他走进店里，浏览了一下，从打折柜台上抓起一本画册：《新英格兰风格家装》。画册里可能没有他的项目用得上的东西——他的第一阶段工作已经接近尾声，但是谁知道呢？他向老板兼唯一的店员迈克·巴达拉蒙特付账时，提了一下窗

① 百乐餐是一种聚餐形式，参会者各带餐食，相互分享。

户上的海报，说海报上的女人是他的邻居。

“是啊，迪尔德丽·麦库姆是十多年来的明星跑步运动员，”迈克说着，把书装进袋子，“要不是扭伤了脚踝，她本来可以参加2012年的奥运会。运气真背。2016年她根本没有尝试，我能理解。我猜她现在已经退出重要赛事了，但是我已经迫不及待地想今年跟她一起跑了。”他咧嘴笑着说，“倒不是说发令枪一响，我能跟着她跑多远，纯粹是因为她能给比赛带来惊喜。”

“她未必跑得过男人。”

迈克笑了。“兄弟，大家把她称作莫尔登闪电是有原因的。她老家是莫尔登的。”

“我在帕齐餐馆看到一张海报，在电脑商店也看到一张，你的商店里也有，但是其他地方却没有。这是怎么回事？”

迈克的笑容消失了。“不是什么好事。她是个同性恋。如果她不宣扬倒还好——谁也不会关心别人家的私事。但是，她必须向人介绍，豆子餐馆的厨师是她妻子。这里很多人都觉得这一点很荒诞。”

“虽然报名费能让休闲中心受益，生意人却都不愿意张贴海报，对吧？仅仅是因为海报上有她的照片？”

经历了粗脖子男人从餐馆里朝他扔海报这件事之后，这一点已经确信无疑，他只是想在心里把事情捋顺。他回想起十岁时的一次经历，他最要好的一个朋友的哥哥让年纪小一点儿的男孩们坐好，告诉他们很多人生的真相。现在跟那时候一样，斯科特似乎明白了一切，但是具体到这件事上，他仍然觉得十分惊讶。人们真干得出这种事吗？是的，他们真干得出来。很明显，他们就是这么做的。

“这些海报会换成新的，”迈克说，“我碰巧知道消息，因为我也是组委会成员。这是库格林镇长的意思。杜斯提这个人你是知道的，他做事最善于妥协。新海报的图片是一群火鸡在主街上奔跑。我不喜欢这个创意，我也没有投票，但个中原因我是知道的。市政府拨给休闲中心的钱很有限，只有两千美元。这点钱连维护体育场的花费都不够，更不要说别的设施。火鸡快跑比赛能筹到差不多五千块，但是我们必须宣传一下。”

“一切……都是因为她是同性恋……”

“因为她是结了婚的同性恋，这一点很多人无法接受。你知道城堡县向来这样，斯科特，你在这里住了多久，二十五年了吧？”

“三十多年了。”

“是，本县坚定地支持共和党。保守的共和党。2016年，县里以三比一的投票比例支持特朗普，人们觉得我们的死脑筋州长是在铤而走险。如果这两个女人保持低调的话，倒也算了。但她们没有那样做。现在，有人觉得她们是想宣扬某种主张。我看呢，她们要么是不了解这里的政治氛围，要么愚蠢至极。”他停顿一下，“菜倒是做得不错。你去吃过吗?”

“还没去过,”斯科特说，“我准备去试试。”

“那就别犹豫太久了,”迈克说，“明年这个时候再去，说不定餐馆就变成冰淇淋店喽。”

第二章

豆子餐馆

斯科特本来打算回家，后来却改变了主意，他走到镇上的公园里，翻看刚买的画册。他沿着主街另一边往前走，在一家针织店又看到一张迪尔德丽海报。除此之外，再也没有看到更多。迈克口口声声说“她们”和“这两个女人”，但他对此有所怀疑。一切都是因为麦库姆。在这对关系中，她是十分强势的一方。他认为米西·唐纳森是愿意保持低调的，她胆子很小。

但她来拜访了我，他想。她还说了很多话。这需要勇气。

是的，他喜欢她这一点。

他把《新英格兰家装》广告杂志放到公园长凳上，开始在音乐演奏台的台阶上上下走动。这么做倒不是因为他喜欢锻炼，而只是为了活动一下。他有点儿坐立不安，他想。有点儿心神不宁。简直不像是爬楼梯，而是在跳楼梯。他上下走动了五六个来回，然后回到长凳旁。他惊奇地发现，自己并没有累得气喘吁吁，他的脉搏只是略微升高了一点儿。

他掏出手机，打电话给鲍勃医生。埃利斯问的第一件事就是他的体重。

“今天早上称的是二百零四磅，”斯科特说，“听着，你……”

“这么说还在继续下降。你有没有想过认真地查一查？因为体重增加或者减少四十磅，情况都很严重。我在麻省总医院还有关系，我看，从头到脚检查一遍的话，你一个子儿也不用掏。相反，他们还会给你钱。”

“鲍勃，我感觉很好。实际上，感觉前所未有地棒。我打电话是想问你有没有去豆子餐馆吃过饭。”

话题转换得有些突然，埃利斯停顿了一下，然后说：“你的同性恋邻居开的饭店吗？没，还没去过。”

斯科特皱起眉头。“喂，不要一提到她们，就谈论她们的性取向，知道吗？”

“你别紧张。”埃利斯听起来突然有点儿惊讶，“我可不想伤害你。”

“没事。只不过……中午吃饭的时候出了点事儿，在帕齐餐馆。”

“出了什么事儿？”

“跟别人吵了一架，为了她们俩。没关系，听着，鲍勃，哪天晚上约一次怎么样？到豆子餐馆去。吃晚饭。我买单。”

“什么时候？”

“今晚怎么样？”

“今晚走不开，星期五晚上可以。迈拉周末到曼彻斯特她妹妹家去。我可不会做饭。”

“约一次吧。”斯科特说。

“男男约会，”埃利斯表示同意，“下一步你准备跟我结婚了。”

“那你就是重婚喽，”斯科特说，“让我远离罪恶吧。帮我个忙——座位你来订。”

“你跟她们还有矛盾？”埃利斯被逗乐了，“为什么不放开手呢？布里奇顿有家很好的意大利餐馆。”

“不要。我只想吃墨西哥菜。”

鲍勃医生叹了口气。“订座没问题，不过如果我听到的消息属实的话，我觉得真没必要预订座位。”

星期五，斯科特开车接上埃利斯，因为鲍勃医生不喜欢晚上开车。去餐馆的路不远，但是随便聊几句时间倒是足够。鲍勃告诉斯科特，他为什么把约会推迟到星期五：他不想跟迈拉发生口角。迈拉参加了镇上和教会各种各样的团体，这些地方对新开了餐馆的两个女人没什么好感。

“你不是开玩笑吧？”斯科特说。

“真没有开玩笑。迈拉在很多事情上都很开明，但是说到两性政治……这么说吧，她的教育背景就是这样。要不是我觉得老夫老妻争得面红耳赤有失体面的话，我们可能会争吵，甚至会大吵一架。”

“你会不会告诉她你去了城堡岩墨西哥餐厅这个是非窝？”

“如果她问起我星期五晚上在哪里吃的饭，我就会告诉她。否则我还是闭口不谈好了，你也不要说。”

“我不会说的，”斯科特说，他把车停进倾斜的停车位，“到了。谢谢你跟我一起来，鲍勃。希望一切能恢复正常。”

一切并未恢复正常。迪尔德丽站在柜台旁，今晚穿的不是裙子，而是白色衬衫和收口的黑色裤子，露出一双美丽的长腿。鲍勃走在前面，进了餐馆，迪尔德丽朝她微笑——这次没有闭上嘴唇、皱起眉头，不是盛气凌人的笑容，而是非常专业的迎宾微笑。接着，她看到斯科特，脸上的笑容骤然消失。她的蓝灰色眼睛冷冷地打量着斯科特，仿佛他是显微镜载玻片上的一只虫子。然后，她眼神移开，抓起几张菜单。

“我带你们找张桌子吧。”

她把两个人带到桌边，斯科特很欣赏餐馆的装修。说麦库姆和唐纳森为了装修劳神出力肯定不够，这简直是倾心之作。头顶的音箱传来墨西哥音乐——他心想这就是传说中的特哈诺或者兰伽拉音乐。墙壁刷成了柔和的黄色，石膏做成了黏土的效果。壁灯台是绿色玻璃仙人掌。墙上的大型挂饰有太阳、月亮、两只舞蹈的猴子，还有一只长着金色眼睛的青蛙。餐馆面积有帕齐餐馆两倍大，但他看到来客只有五对夫妇和四位坐在一起的客人。

“菜单来了，”迪尔德丽说，“希望你们用餐愉快。”

“必须的，”斯科特说，“很高兴来这里。希望我们能重新开始，麦库姆女士。你觉得有这个可能吗？”

她冷静地看着他，眼神之中毫无温柔。

“吉娜会照顾你们，她会告诉你们有什么特色菜。”

她撂下话就走开了。

鲍勃医生坐下来，抖开餐巾。“在脸上和额头上轻轻地热敷一下。”

“你说什么？”

“治疗冻伤呀。我看你刚才劈头盖脸受了风寒。”

斯科特还没来得及回应，一位女服务员走过来——看起来餐馆里只有一位服务员。她跟迪尔德丽·麦库姆一样，穿着黑色裤子和白色衬衫。“欢迎光临豆子餐馆。两位先生想喝点儿什么吗？”

斯科特点了一杯可乐。埃利斯点了一杯红酒，然后戴上银镜仔细打量女服务员。“你是吉娜·拉克尔肖斯，对吧？肯定是的。我在镇中心开诊所时，你妈妈是我的私人助理，那是很久以前的事喽。你跟她长得真像。”

她笑了。“我现在已经改姓叫吉娜·贝克特了，不过您说得对。”

“很高兴见到你，吉娜。代我向你妈妈问个好。”

“一定。现在她在达特茅斯-希区柯克，在阴面。”她的意思是新罕布什尔州，“我马上回来告诉你们今天有什么特色菜。”

她回来的时候，端来了开胃菜和饮料，恭恭敬敬地把盘子摆在桌上。开胃菜味道十分诱人。

“看看有什么？”斯科特问。

“有现炸的车前草片、辣番茄酱咖喱、香菜叶、酸橙和绿椒。厨师向你们问好。她说菜比较偏古巴风味，而不是墨西哥风味。希望你们喜欢。”

吉娜离开后，鲍勃医生靠上前来，脸上挂着笑容。“不管怎么说，看来你已经赢得了厨房那位的好感。”

“说不定别人是对你有好感呢。吉娜可能已经告诉米西，她妈妈在你的诊所卖过力。”当然，斯科特心里清楚……或者说他认为自己心里清楚。

鲍勃医生抖了抖发白的眉毛。“哟，还米西呢？我们还没熟到直呼其名吧？”

“行啦，医生，省省吧。”

“省省可以，不过你得答应我别再叫我医生。最烦别人这么叫我，这让我想起米尔本·斯通[①]。”

“米尔本·斯通是谁？”

“回家去查查谷歌吧，小子。”

他们开始用餐，吃得很惬意。没有大鱼大肉，但是味道

---

① 米尔本·斯通（1904—1980），美国演员，以出演医生角色闻名。

很好：加了豆子的辣肉馅玉米卷和薄馅饼，显然不是超市里的包装货。俩人一边吃着，斯科特告诉埃利斯帕齐餐馆里发生的争执，还告诉他迪尔德丽海报会换成卡通火鸡海报。他问埃利斯迈拉是不是组委会委员。

“不是，这个她倒是没有参加……不过我敢肯定她同意更换海报。”

说完，他又开始转移话题：说斯科特的体重离奇地下降，更离奇的是他的体型似乎一点儿没变。不管他穿什么或者拿什么，那东西似乎都没有重量。

又有一些客人陆续进来，原来麦库姆今晚这么打扮是有原因的：她就是服务员，至少今晚她得当服务员。或许她每天晚上都得当服务员。现在她一人身兼二职，餐馆的经济状况可想而知了。餐馆已经开始精打细算。

吉娜问他们要不要甜点，两个人都拒绝了。“我一口也吃不下了，不过请转告唐纳森女士，菜很完美。”斯科特说。

“她听了肯定会乐开花儿，”吉娜说，“等我把您的支票拿来。”

餐馆里的顾客很快就变少了，只有几对夫妇继续留下品尝餐后酒。迪尔德丽询问离开的客人饭菜如何，并感谢他们光顾。她满脸笑容。但是，对坐在青蛙壁毯下面的这两个男人，她从来没有笑一下，甚至看都没看他们一眼。

搞得我们像是祸患一样，斯科特想。

“你确定感觉很正常吗?”鲍勃医生问他，同样的问题他可能已经问过十遍，“没有心律不齐?没有头晕?或者烦渴?”

“什么都没有。不过，想不想听一件有趣的事儿?”

他告诉埃利斯，他在音乐演奏台的台阶上上下走动——简直是上蹦下跳——之后脉搏只上升了一点点。“没有出现歇止脉，但是脉搏很低。八十以下。还有，我不是医生，但我的身体怎么样我心里有数，肌肉也没有出现萎缩。”

“应该说目前还没有出现。”埃利斯说。

“我看是不会出现了。我想，质量保持没变，但是与质量相关的重量在消失。”

“这种想法脑洞够大的，斯科特。”

“我完全同意，但是事实就是如此。我承受的引力的确减小了，换作是谁会不高兴呢?”

鲍勃医生还没来得及回答，吉娜拿来纸条给斯科特签字。他签完字，大方地给了小费，又告诉她饭菜很可口。

“太棒了。欢迎再来。请向朋友们宣传一下。”她低下头，小声地说，“我们真的需要客户。”

俩人走出餐馆时迪尔德丽并没有站在柜台边。她站在台阶下面的人行道上，正盯着廷桥方向的交通信号灯看。她转过身，对埃利斯笑了笑。“我能不能跟凯里先生聊几句?用不了多久。”

“当然可以。斯科特，我到街对面书店去溜达一下。你走的时候按一下喇叭。”

鲍勃医生穿过主街（晚上八点，主街上已经空无一人；镇上的人都歇得早），斯科特转向迪尔德丽。她的笑容已经不再，他看到她一脸怒色。他本来想，来豆子餐馆吃饭，他们之间的气氛能有所缓和，岂料事情变得更糟。他不知道为何会这样，但是很明显事实就是如此。

“你是怎么想的，麦库姆女士？如果还是为了狗……”

“关狗什么事呢，现在我们已经去公园跑步。或者说，我们在尽力跑步，因为狗绳总是会缠住。”

“你们可以在维尤路上遛狗，”他说，“我跟你说过。只要你们捡一下它们的……”

“别管狗的事了。”她蓝灰色的眼睛里闪耀着光芒，“这个话题到此为止。我们得讨论一下你的行为。我们不需要你在本地脏了吧唧的餐馆替我们出头，事情本来已经平息，你却再次挑起是非。”

斯科特心想，如果你觉得事情已经平息，你肯定是没看到，没几家商店挂你的海报。他是这么说的：“帕齐餐馆一点儿都不脏。她可能不会卖你们这种菜，但是餐馆很干净。”

“干净也好，肮脏也罢，这不是问题的关键。如果有必要出头，我自己会去。我——我们——不需要你来扮演加拉哈德骑士[①]。一方面，对这个角色来说，你的年龄大了点儿。”她扫了一眼他的衬衫正面，“另一方面，你的体重高了点儿。”

面对斯科特的情况，这样的挖苦无关痛痒，但是她这么说，他觉得有点儿意思；如果一个男人说她又老又胖，扮演不了吉纳维尔[②]，她肯定会怒火中烧。

“我明白了，”他说，“我虚心接受。”

他的回答如此温和，让她感到有些尴尬——仿佛她挥出一拳，却完全打空。

“还有别的事儿吗，麦库姆女士？”

“还有一件事。我想让你离我老婆远点儿。”

看吧，她知道他和唐纳森见过面，现在轮到斯科特犹豫不决。米西到底是怎么跟她说的，是说她去找的斯科特，还是为了平息她的怒火，说斯科特去找的她？如果追问下去，他可能会惹上麻烦，他可不想惹上麻烦。他不是婚姻专家——他自己的婚姻经历就是很好的证明，但他想，餐馆的经营困境已经给这对夫妻带来足够大的压力。

“好吧，”他说，“没事了吧？”

“没事了。”跟第一次见面结束，当着他的面关上门时一样，她说了句，“就这么着吧。”

他看着她走上台阶，穿着黑色短裤和白色衬衣，身材苗

---

① 亚瑟王传说中的一名骑士，他品性纯洁，独自一人找到了圣杯。
② 传说中的亚瑟王之妃。

条，动作敏捷。他仿佛看到她在音乐演奏台的台阶上上下跑动，比他体重下降四十磅之后的动作还要敏捷，她的脚步仿佛芭蕾舞女演员一样轻盈。迈克·巴达拉蒙特怎么说来着？我已经迫不及待跟她一起跑，倒不是说我能跟着她跑多远。

上帝赐给她适宜奔跑的美妙体型，斯科特希望上帝能让她更好地享受生活。他觉得，在那盛气凌人的笑容背后，迪尔德丽·麦库姆这些日子并不好过。

“麦库姆女士？”

她转过身。等他开口。

“饭菜真不错。”

这回她没有笑，且不论是盛气凌人的笑容还是别的什么笑容。“好。我想你已经通过吉娜转告了米西，但是我很高兴再转告她。既然你已经来过这里，展示了自己站在政治正确的天使一边，你为什么不回到帕齐餐馆去呢？我想我们都能接受。”

她走进餐馆。斯科特在人行道上站了一会儿，感觉……怎么说呢？五味杂陈，难以形容。内疚吗？是的。有点儿好笑吗？没错。还有点儿生气。但最重要的是，有点儿悲哀。这个女人并不接受别人投来的橄榄枝，他似乎天真地以为所有人都希望得到橄榄枝。

或许鲍勃医生说得对，我还是个嫩小子，他想。见鬼，我连米尔本·斯通都不认识。街上太安静，哪怕是轻按一下喇叭他都会觉得不好意思。所以他穿过街道，站到诺克书店窗外的埃利斯身边。

“关系理顺了吗？”鲍勃医生问。

“没有。他让我离她老婆远点儿。”

鲍勃医生朝他转过身。“那我建议你照做。”

他开车送埃利斯回家，谢天谢地，回家路上，鲍勃医生没有强劝他去麻省总医院、梅奥诊所、克利夫兰医学中心或者美国国家航空航天局做检查。埃利斯下了车，对这个美妙的夜晚表示感谢，让他保持联系。

“我当然会保持联系，”斯科特说，“我们现在可是在一条船上。”

“既然是这样，看你能不能来一下，星期天吧。迈拉还没回来，我们可以在楼上看爱国者队的比赛，那儿可比我可怜的猫耳洞好得多。还有，我想做些测量。做个记录。这样总行吧？”

“看橄榄球可以，测量就免了。”斯科特说，“至少现在免了。好吧？”

“我尊重你的意见，”鲍勃医生说，“晚餐真不错。我一点儿都不想吃肉。”

“我也是。”斯科特嘴上这么说，心里倒不是真这么想。回到家，他又做了一份黑芥意大利香肠三明治。然后，他脱掉衣服，站到浴室体重秤上。他之所以拒绝鲍勃医生的测量，是因为他相信鲍勃医生每次测完肌肉密度之后，肯定还会给他称重，而且他的直觉——或者说这是身体深处的感觉——现在很准确。今天早上他的体重是二百零一磅略高。现在，吃完一顿丰盛的晚餐外加扎实的点心之后，他的体重是一百九十九磅。

体重下降的速度加快了。

第三章

赛前打赌

今年十月下旬城堡岩天气完美，每天都是碧空如洗，天气温和。政治上激进的少数派说这是全球变暖；保守的大多数说这是秋老虎，接下来会是典型的缅因州冬天；但是两派人对这个现象都很高兴。家家户户门廊上摆着南瓜，窗户上黑猫和骷髅模型随风摆动，小学专门给玩不给糖就捣蛋的小鬼们开了会，警告大家在万圣节晚上要在人行道上行走，只能接受包装完好的糖果。高中生到体育馆参加一年一度的万圣节化装舞会。舞会上，当地的“顶尖”车库乐队换上“潘尼怀斯与小丑”这个名字[①]。

与埃利斯一起吃饭之后的两个星期里，斯科特的体重继续下降，而且速度略有上升。他的体重已经降到一百八十磅，整整降了六十磅。但他仍然感觉正常，状况极佳。万圣节下午，他开车去城堡岩一家新开商场里的西维斯连锁药店，买了很多万圣节糖果。维尤路这一带现在没有多少人化装出来（几年前，“自杀阶梯”[②]倒塌前人相对多些），不过，即使讨

① 潘尼怀斯是斯蒂芬·金的长篇小说《它》中的小丑名字。

② 斯蒂芬·金的小说《格温迪的按钮盒》中提到，有三条路从城堡岩通往维尤堡，分别是 117 号公路、宜人路和“自杀阶梯”。“自杀阶梯”是一条由铁栓支撑、贴着山崖盘旋而上的小路。

糖的小鬼们不要，他也可以自己吃。遇到他这种离奇的情况，倒是有一点好处，除了体能充沛外，他想吃多少就吃多少，不会发胖。他以为摄入脂肪会导致体内的胆固醇升高，但他发现事实并非如此。尽管皮带上挂着赘肉，他现在的状态空前地好。自从他向诺拉·肯纳求婚以来，他的心情还从来没有这么好过。

除此之外，百货商店的客户对他的工作十分满意，他们坚信（斯科特担心他们误判了形势），他设计的多家网站会将他们实体店的生意扭亏为盈。他最近收到一张 582674.50 美元的支票。支票存到银行之前，他特地拍了张照片。现在，他住在缅因州的一座小镇上，在自家的书房里上班，距离富人仅一步之遥。

他只见过迪尔德丽和米西两次，而且是从远处见到的。她们在公园里跑步，用长绳牵着叮叮、咚咚，狗狗看上去并不高兴。

斯科特从药店回来时，他走上人行道，转弯走到前院的榆树下。榆树叶子已经变黄，但是由于今年秋天气温比较高，树叶还没落，在风中沙沙作响。最矮的树枝距离头顶只有六英尺，看来十分诱人。他把装着糖果的口袋放到地上，伸出胳膊，弯下膝盖，跳了起来。他轻松地抓住树枝，放在一年前他肯定连够都够不着。他的肌肉没有萎缩；这些肌肉以为它们仍然在支撑一个体重二百四十磅的胖子。这让他想起老电视画面里，登陆月球的宇航员大步跳跃的情形。

他落到地上，捡起袋子，走到门廊台阶旁。他没有走上台阶，而是纵身一跃，跳到门廊台子上。

简直是轻而易举。

他把糖果放到碗里，摆在前门，然后走进书房。他打开电脑，屏幕上满是工作文档，但他没有打开。他打开了日历功能，翻到下一年。除了假日和预约日期是红色外，所有的日期都是灰色。斯科特明年只有一个预约日期：5月3日。备注也是红色的，只有一个字：0。他删除备注，5月3日随即变成黑色。他选中3月31日，在方框里键入0。在他看来，他的体重会在这一天消失，除非体重下降的速度继续加快，这倒是有可能。与此同时，他想享受生活，斯科特觉得他亏欠了自己。当然，有多少大限将至的人能说他们感觉良好呢？有时他会想起诺拉从戒酒互助会上带回来的一句名言：过去是历史，将来是个谜。

这句话很适合他现在的处境。

下午四点左右，他迎来了第一批化装小鬼，最后一批是太阳下山之前来的。有的打扮成小鬼和妖精，有的打扮成超级英雄和暴风兵。有个小鬼扮成蓝白色邮筒，只从一条缝里露出眼睛。斯科特给大多数孩子每人两颗小糖果，但是邮筒小孩得到了三颗，因为他的装扮最出色。年幼的孩子有家长陪着。来得比较晚、年龄稍大些的孩子，都是自己来的。

最后一对是一个男孩女孩组合，扮演的应该——可能——是格林童话中的汉赛尔与格莱特，大概是六点半来的。斯科特给他们每人一些糖果，以免他们捣蛋（他们大概九到十岁，看起来并不像捣蛋鬼）。斯科特还问他们在附近有没有看到别的孩子。

“没有，”男孩说，“我想我们已经是最晚的一批啦。”他用胳膊碰了一下女孩，“她总是在整理头发。”

“你们在街对面那一家讨到什么啦？”斯科特指着麦库姆和唐纳森家的方向问道，“有什么好东西吗？”他觉得米西可能准备了一些特别的万圣节礼物，例如蘸了巧克力的胡萝卜条或者类似的东西。

小女孩睁大眼睛。“妈妈不让我们去那一家，因为她们不是好人。”

“她们是同性恋，”男孩大声说，“爸爸说的。”

“哦，”斯科特说，“同性恋。我知道了。现在你们乖乖回家吧。记着走人行道。”

他们提着糖果袋走了。斯科特关上门，看着碗里的糖果，还剩一半。他算了一下，一共来了十六个或者十八个小孩。他心想，麦库姆和唐纳森家不知道去了多少。他甚至怀疑有没有孩子去。

他走进客厅，打开新闻频道，上面正在播放波特兰市的孩子们玩不给糖就捣蛋的视频。

不是好人，他心想。同性恋。爸爸说的。

这时，他想到一个主意，像是他想到的其他好主意一样：这个主意有了基本雏形，只需要稍为调整和打磨一下。当然，主意很酷并不意味着主意很好，无论如何他准备将这个主意付诸实施，看看效果。

“要犒劳一下自己，”他笑着说，“在你变得干瘪并最终消失之前，一定要犒劳一下自己。为什么不这么干呢？他妈的为什么不这么干呢？”

第二天上午九点，斯科特手上捏着一张五美元钞票，走进城堡岩休闲中心。迈克·巴达拉蒙特和龙尼·布里格斯坐在火鸡快跑一万二千米比赛报名桌前。龙尼就是斯科特在帕齐餐馆看到的公共工程工人。在他们身后的体育场里，一群人正在玩野外篮球，一边穿着上衣，一边光着上身。

“嗨，斯科特！”龙尼喊道，“最近怎么样啊？”

“挺好，”斯科特说，“你也好吧？”

“好得很！”龙尼感叹道，“跟以前一样，好得很！不过公共工程部门的工作时间减少了。最近在星期四的扑克牌夜场没看到你呀。”

“我在加班呢，龙尼。有个大项目。”

“嗨，那天在帕齐餐馆……”龙尼有些尴尬，“兄弟，我很抱歉。特雷弗·扬特那家伙是个大嘴巴，他在那里咆哮的时候，谁也拦不住。谁要是阻止他，没准儿会被他揍得鼻青脸肿。”

“没关系，都过去了。嗨，迈克，我能报名参赛吗？”

“当然可以，”迈克说，“人越多越好。你可以陪我一起跟在人群后面跑，后面是孩子、老人和胖子。今年还有个盲人。他说他要牵着导盲犬跑。”

龙尼身体从桌上靠过来，拍了一下斯科特的肚子。“别担心，斯科特，每隔三千米就有一名救护员，终点线也有两名救护员。如果你出现气阻，他们会帮你治。”

“太好了。”

斯科特递上五美元，签了一份免责协议，大体上是说如果在七英里半的赛程中间发生任何事故或者健康问题，城堡岩镇概不负责。龙尼撕下一张收据；迈克递给他一份赛道地图和一张号码贴。“在比赛开始前撕下来贴到衣服上就行了。在检录的地方报一下名字，就可以开始了。”

斯科特看了一眼，他分到的号码是371号，现在距离大赛开始还有三个多星期。他吹了声口哨。“照这个势头发展下去人数不少啊，要是报名的人都是成人的话。”

“不都是成人，”迈克说，“但大多数是成人，如果跟去年一样，最后会有八百到九百人参加。新英格兰各地都有人来。鬼知道怎么回事，一个没什么名气的火鸡快跑比赛竟然成了香饽饽。我家孩子说简直像是病毒扩散一样。”

“还不是因为这里的美景，”迈克说，“他们是来观光的。还有这里的山，尤其是猎人山。再说得了冠军还能点亮镇广场上的圣诞树。”

“休闲中心会一路上搞促销，”迈克说，“我看这才是亮点。热狗、爆米花、汽水和热巧克力，一应俱全。”

“可惜没有啤酒，”龙尼忧伤地说，“今年他们又投了反对票。还禁止赌博。”

还反对同性恋呢，斯科特心想。镇上还投票禁止宣传同性恋。只是这个投票没有票箱。镇上的意思是如果你不能保持低调，你就得出局。

“麦库姆女士还愿意参加吗？”斯科特问。

“嗨，当然愿意参加，”迈克说，“她还是老号码，19 号。我们特意给她留着。”

感恩节那天，斯科特与鲍勃、迈拉两口子和他们的两个孩子共进晚餐，他们有五个孩子，都已经成年，来的这两个住得比较近，可以开车过来。斯科特每样菜都吃了两轮，然后在埃利斯家宽敞的后院里兴致勃勃地跟小孩子们玩追人游戏。

“吃了这么多还这样跑，他不怕心脏病发作啊？”迈拉说。

“不会，”鲍勃医生说，“他准备明天去参加赛跑呢。”

“一万二千米赛程，如果他不是慢走，而是跑下来，那他肯定会犯心脏病。”迈拉一边说，一边看着斯科特追着她的孙子，孩子笑个不停，“我看哪，人到中年全没了理智。”

斯科特回家的时候既疲惫又高兴，满心期待着第二天的火鸡快跑比赛。睡觉之前，他站到秤上，发现体重降到了一百四十一磅，对此他倒是一点都不惊讶。现在体重每天下降不到两磅，但很快就会达到这个速度。他打开电脑，将0的标记挪到3月15日。他有些担心——不担心的是傻瓜，同时感到好奇。还有别的。高兴？是高兴吗？是的。或许很疯狂，但的确如此。当然，他有种被命运挑中的感觉。鲍勃医生或许会觉得这很疯狂，但斯科特觉得很正常。对于无法改变的事情，为什么要悲观呢？为什么不去拥抱它呢？

十一月中旬，一拨寒潮来袭，田野和草地上都结了霜。但是感恩节后的星期五，天气阴沉而温暖。13频道上的播音员查利·洛普雷斯蒂预报说有雨，可能是大雨，但是城堡岩的大赛丝毫没有受到影响，观众和选手人数一点也没有减少。

斯科特穿上旧跑步短裤，八点差一刻就来到休闲中心大楼，这时距离比赛正式开始还有一个多小时。休闲中心已经聚集了一大群人，大多穿着带拉链的帽衫（等身体热起来，他们就会把帽衫丢到沿路指定地点）。大多数人在左边等待检录，左边的标牌上写着“城外选手”。右边的标牌上写着“城堡岩居民”，这一边队伍里人比较少。斯科特撕下号码贴，贴在T恤上，贴的位置在隆起的肚子上方。不远处，高中乐队已经开始奏乐。

帕齐餐馆的帕齐·登顿给他登了记，指引他往大楼远处走，比赛就是从维尤路的起点开始。

“你是本地人，你可以作弊走到前面，”帕齐说，“不过这样做可不光彩。你应该跟三百米起跑区的人待在一起，跟着他们。”她瞄了一眼斯科特的肚子，“而且，你很快就会落在后面跟孩子们一起跑。”

“天哪。”斯科特说。

她笑了。“真相很残酷，对吧？你吃下的培根汉堡和芝士蛋饼可不会白吃的。如果你开始感觉胸闷的话，可得记住这一点。”

斯科特走进本地人群，提早完成检录的人越来越多。他看了一眼地图，赛道总体呈环形。头三千米从维尤路开始到117号公路结束。鲍伊河廊桥是中点。然后，沿着119号路向前，经过市道之后变成班纳路。第十千米在猎人山，这是个“令跑步者心碎的地方”。这里地势陡峭，下雪天，孩子们经常到这里来滑长雪橇。滑的速度快得吓人，但是两边有防护，很安全。最后两千米在城堡岩主街上，届时道路两边会站满加油呐喊的观众，还有来自波特兰三家电视台的摄像师。

所有人都挤在人群里，有说有笑，喝着咖啡或者可可饮料。当然，所有人里不包括迪尔德丽·麦库姆。她穿着蓝色的短裤，雪白的阿迪达斯运动鞋，显得格外高挑美丽。她把19号高高地贴在鲜亮的红色T恤左边，以便露出T恤中间。中间印有肉馅卷饼和“豆子餐馆，主街142号”这几个字。

给餐馆打广告倒是合情合理……前提是她觉得广告能发挥积极作用。斯科特觉得她已经不只是为了给餐馆打广告。她肯定知道，“她的”海报已经被替换成不那么惹人争议的海报；她与牵着导盲犬跑的人不一样（斯科特看到盲人站在起跑线附近，正在接受采访），她可不瞎。对于她为什么没有大骂一通并退出比赛，他并不惊讶。他很清楚她来这儿的目的。她想给他们点颜色看看。

他想，她当然想这么干。她想打败所有人——男人、女人、孩子、牵德国牧羊犬的盲人。她想让全镇人眼睁睁地看着一个女同性恋，一个结了婚的女同性恋赢得冠军，然后按下他们的圣诞树电灯开关。

他心想她知道餐馆即将关门，或许她已经释怀，她迫不及待要离开城堡岩，但是，她想在她和妻子离开之前给人们一点儿颜色看看，让他们长长记性。她甚至不需要说什么，只需盛气凌人地微笑。那种微笑似乎在说，让你们自以为是，你们这些乡巴佬，自视清高的混蛋！就这么着吧。

她正在做热身，先是把一条腿弯到身后，用手抓住脚踝，然后是另一条腿。斯科特走到饮料桌旁（参赛选手免费品尝，每人仅限一杯），要了两杯咖啡，其中一杯付了钱。然后，他走到迪尔德丽身旁。他没有什么企图，更没有任何浪漫的想法，但他是个男人，看到她伸展和转动身体，他不得不赞叹她的身材。迪尔德丽总是全神贯注地看着天空，但是天上除了蓝灰色的云什么都没有。

她是在集中精神，他心想，做好准备。或许这不是她参加的最后一场比赛，但可能是她参加的最后一场对她来说意义非凡的比赛。

“你好呀，”他说，“又是我，你讨厌的人。”

她放下腿看着他，脸上又出现那种笑容，笑容简直像日出东方一样如约而至。这笑容是她的盔甲。在这笑容背后，可能有人受到伤害，感到生气，但她绝不让外人看到。当然，外人不包括米西。米西今天早上并没有出现。

“哟，是凯里先生呀，”她说，“您也来参加比赛啦。瞧您这肚子，比以前又大了一圈儿。”

“你过奖了，”他说，“嗨，没准儿里面是个枕头呢，我是拿来骗人的。”他递过一杯咖啡，“来杯咖啡吗？”

“不用了。我早上六点喝了燕麦粥，还吃了半个葡萄柚。抵达终点之前我不想吃别的东西。之后我会在摊子上喝点蔓越莓汁。不好意思，我想继续做做伸展，沉思一会儿。”

“再耽误你一小会儿，”斯科特说，“我倒不是为了请你喝咖啡，我就知道你不会领情。我是来跟你打赌的。”

她的左手已经抓住右脚踝，正准备往上抬。她放下脚踝，盯着他看，仿佛他额头上长出了角。“你到底是什么意思？我给你说了多少遍，我觉得你努力……怎么说呢……讨好我的做法很不受欢迎！”

“讨好和友好截然不同，我想你是明白的。如果你的防范意识不这么强的话，你会明白的。”

“我没有……”

“但是我相信你有你的苦衷，我们不用玩文字游戏。我的赌注很简单。如果你今天赢了，我再也不会打扰你，也不会抱怨你的狗；你尽管在维尤路上遛狗，就算他们在我的草坪上拉屎，我也会自己去捡，绝不再说一个字。”

她脸上露出难以置信的表情。“如果我赢了？你竟然说如果？”

他没理会她。“如果你赢不了，我赢了的话，你和米西必须到我家里来吃饭。蔬菜晚餐。我要是亲自动手的话，手艺可不会差。我们得坐下来，喝点儿酒，好好谈谈。我们得打破成见，至少试着打破成见。我们不必当知心朋友，这我可不敢奢望，想改变成见是很难的……”

“我可没有成见！”

“但是我们可以成为真正的邻居。我可以向你们借一勺糖，你们可以找我要一块黄油，就像这样。如果我们都赢不了，好歹算是尽力了。我们就维持现状。”

维持现状一直到你们的餐馆关门，你们两个离开镇子，他心想。

“我没听错吧？你是说你今天能赢我？我实话实说吧，凯里先生。就你这身板，是典型的美国白人男人，管不住嘴、迈不开腿。如果你硬来，不是腿部抽筋，就得扭伤脊背，甚至心脏病发作。你今天赢不了我。今天没人能赢得了我。现在，请你闪开，让我把热身运动做完。”

“好吧，”斯科特说，“我算是明白了，你没这个胆跟我赌，我本来以为你有胆的。”

这时她正在抬另一条腿，她把腿放下。“天哪！好吧。赌就赌。闪一边儿去。”

斯科特笑着伸出手。“我们得握个手。这样的话，如果你食言，我可以当你的面说你是骗子，你也得接受。”

她哼了一声，但还是伸手使劲握了一下。顷刻之间——只有那么一瞬间，他看到一丝纯真的笑容。只有一丝笑容，但他觉得如果她开怀大笑，笑容必定很甜。

“很好，”他说，接着又加了一句，“就这么着吧。”然后他回到三百米起跑区的人群中。

“凯里先生。”

他转过身。

“你为什么这么上心呢？是不是因为我——因为我们——威胁到了你的男子气概？”

不是，因为我明年就要死了，他想。我想在离开这个世界之前至少做一件正确的事。这件事不是要挽救我的婚姻，因为我的婚姻已经彻底完蛋。也不是将百货商店网站设计得尽善尽美，因为这些家伙不明白，他们的商店就像汽车时代来临时的马车工厂一样，已经无可救药。

但是他并没有提这些。说了她也不会明白。他自己都不完全明白，她怎么可能明白呢?

“我就是这么上心。”他说。

话音未落他就转身离开。

第四章

火鸡快跑

九点十分，比预计时间晚了一点，杜斯提·库格林镇长站到八百多名比赛选手前面，队伍向后排了差不多四百米。他一手握着发令枪，一手拿着扬声器。包括迪尔德丽·麦库姆在内号码较小的选手，站在前面。在后面的三百米起跑区，斯科特的周围挤满男男女女，他们有的在抖动胳膊，有的在做深呼吸，还有的正咽下能量棒。其中很多人他都认识。站在他左边正调整绿色头带的女人，是当地家具店的老板娘。

“加油，米莉。”他说。

她笑着伸出大拇指。“你也加油。”

库格林举起扬声器。“欢迎大家来到第四十五届火鸡快跑比赛！都准备好了吗？”

参赛选手们齐喊一声“准备好了”。高中乐队成员吹响了一声小号。

“好吧！各就各位……预备……”

镇长面带政治家的笑容，举起发令枪，扣动了扳机。枪声顿时响彻云霄。

“跑！”

排在前面的选手顺利启动。迪尔德丽身穿红色上衣，在人群中十分抢眼。剩下的选手挤作一团，因此启动并不顺利。一对夫妇摔倒在地，被人扶了起来。米莉·雅各布斯被人挤得倒向两个穿骑行短裤戴帽子的年轻人。斯科特抓住她的胳膊，扶住了她。

“谢谢，”她说，“这是我第四次参加了，每次起跑都这么挤。就像摇滚演唱会开门时一样。”

穿骑行短裤的两个年轻人见缝插针，从迈克·巴达拉蒙特和三位正在说笑的女士身边超过去，一前一后向前跑，消失在人群中。

斯科特和迈克的位置齐平，他朝迈克挥挥手。迈克向他敬个礼，然后拍了拍他的左胸脯，也从他身边超到前面。

大家都觉得我会得心脏病，斯科特心想。不知道是什么神奇的天意决定让我体重下降，但是也能让我出一点儿彩。我不会得心脏病。

米莉·雅各布斯——诺拉曾向她借了一套餐具——从一旁朝他笑了笑。“起步前半个小时左右感觉很好玩。之后会变得艰难。跑到八千米就会变成地狱。如果你能坚持到那个时候，后面就会越跑越顺。有时会越跑越顺。”

“有时会越跑越顺？”斯科特说。

“对啊。希望今年会越跑越顺。我想跑完全程。我只跑过一次全程。再见，斯科特。”说完，她加快节奏，跑到斯科特前面。

等他经过维尤路上自家房屋时，人群已经分散了许多，跑步空间变得开阔。他轻松平稳地向前跑。他知道第一千米对耐力没什么要求，因为这里是下坡，但是目前来看米莉说得对——感觉很好玩。他呼吸轻松，感觉良好。现在能这样就够了。

他超过几个选手，但也只超过了几个。更多的选手超过他，有些是从五百米起跑区，甚至是六百米起跑区追上来的，其中有个速度飞快的家伙上衣上贴着 721 号。这个搞怪的家伙帽子上装了个旋转木马，正不停转动。斯科特并不着急，至少现在如此。每次跑到直道，他都能看到迪尔德丽，在他前方四百码的地方。她的红色上衣和蓝色短裤格外抢眼。她跑得十分从容。在她前面还有至少十几名选手，或许是二十几名，但斯科特一点都不惊讶。这不是她第一次参加比赛，她跟业余选手不一样，肯定制定了详细计划。斯科特心想在前九千米或者一万米，她会让别人控制节奏，之后她会一个一个超越他们，等到了猎人山才会超过领跑的人。她甚至有可能来点儿刺激的，等到了镇中心再发力，不过他觉得她不会这样。她想在离开之前赢得比赛。

他感觉自己脚步轻盈，两腿充满力量，但他强忍着加速的欲望。只要能看到红色上衣就好，他心想。她知道自己在做什么，让她领跑。

在维尤路和 117 号公路交叉口，斯科特经过了一个橙色标志：三千米。前方是穿骑行短裤的两个年轻人，沿着赛道黄色中线两边一边一个。他们超过几个少年，斯科特也超了过去。这些少年身材健康，但是已经开始感到呼吸困难。他从少年们身边超过的时候，听到一个喘着气说："我们竟然被一个老胖子超了？"

少年们加速跑动，一边一个超过斯科特，呼吸变得更加急促。

"再见吧！"其中一个喘着气说。

"跑你们的吧。"斯科特笑着说。

他感觉很轻松，大步流星向前跑。呼吸很匀称，心跳也很平稳，不然还能怎么样？他比看起来要轻一百磅，也就是说他只有一半体重。但他的肌肉仍然能够支撑二百四十磅重的身体。

117 号公路有两处弯道，然后笔直通到鲍伊河，河水在很浅的石头河床上潺潺流动。斯科特觉得水声从未如此悦耳，他深吸进肺里的空气夹杂着雾气，感觉从未如此甜美，马路对面高大浓密的松树也从来不像此刻这般美丽。他能闻到松树散发出来的气味，浓烈、清新，夹杂着青涩。每一次呼吸似乎都更加舒畅，他控制着自己的节奏。

在这样的日子里活着的感觉真好，他心想。横亘在溪流上的廊桥外，一个橙色的标牌上写着"六千米"。旁边的一块牌子上写着："还剩一半！"脚步声在桥上回响——至少，对斯科特来说，这声响与基尼·克鲁帕[①]的鼓声一样动听。头顶上，受到惊扰的燕子在屋顶下来回飞舞。有一只燕子还撞到他的脸上，翅膀扫到了他的眉毛，引得他开怀大笑。

廊桥尽头，穿骑行短裤的一个年轻人坐在护栏上，一边喘气一边按摩出现痉挛的小腿。斯科特和其他选手经过时，他并没有抬头。在117号和119号公路交会处，选手们正围在一个饮料摊旁，喝着纸杯里装的水、佳得乐运动饮料和蔓越莓汁。还有八九名选手，已经在前六千米里耗尽力气，正趴在草地上。他很高兴看到特雷弗·扬特也在里面——这个粗脖子在公共工程部门上班，他在帕齐餐馆与斯科特发生过冲突。

他经过“城堡岩镇界”标牌，从这里开始119号公路改称班纳路，这个名字是为了纪念镇上任期最长的治安官班纳。这个不幸的家伙，在小镇一条偏僻小路上死于非命。是时候提速了。斯科特经过八千米标志时，速度从一挡换到了二挡。没问题。凉爽甜美的空气吹拂在开始发热的皮肤上，仿佛丝绸在身体上摩挲。他感到心脏——这台结实的发动机——在胸腔里跳动。现在，赛道两旁出现了房屋，人们站在草坪上，有的举着标牌，有的不停拍照。

前面是米莉·雅各布斯，她仍然在坚持，但步伐慢了下

---

① 基尼·克鲁帕（1909—1973），美国歌手。

来，头带浸透了汗水，变成深绿色。

“觉得怎么样了，米莉？有没有越跑越顺？”

她转过身，难以置信地看着他。“天哪，真不敢……相信是你，”她喘着气说，“我以为早把你……甩到九霄云外了。”

“我还剩点儿力气，”斯科特说，“现在可不要打退堂鼓呀，米莉，好戏就要开始了。”说完，她被甩到后面。

赛道接连上了几个缓坡，斯科特超过的选手越来越多——包括中途放弃比赛的选手和仍在奋力支撑的选手。奋力支撑的选手中间，有两个就是之前被他超过的少年，被一个穿着破运动鞋和旧网球短裤的中年胖子超过哪怕一会儿，他们都感到无比屈辱。他们脸上带着同样的惊讶表情。斯科特高兴地笑着说：“再见吧！”

其中一个朝他竖起手指。斯科特朝他们做了个飞吻的手势，将他们甩在身后。

斯科特进入第九千米后，天空中自西向东响起一阵雷声。大事不妙，他想。十一月的雷声在路易斯安那州可能还好，但是在缅因州绝对不妙。他跑到一处拐弯，向左急转，与一位瘦骨嶙峋的老头儿齐头并进，只见老头握紧拳头，回头看他。他穿着白色无袖 T 恤，露出鱼肚白色的胳膊，胳膊上的刺青已经褪色，脸上挂着古怪的笑容。“听到雷声了吗？”

“听到啦！”

“要下大雨了！这天气可带劲？”

“真带劲！”斯科特笑着说，“最好不过了！”说完他就往前跑，瘦骨嶙峋的老头儿在他屁股上结结实实拍了一下。

这时赛道变直，斯科特看到红色上衣和蓝色短裤已经跑到猎人山的半山坡上。这座山坡被称作“令跑步者心碎的地方”。他看到麦库姆前面现在只有五六名选手。山顶另一边可能还有几个，但是斯科特觉得可能性不大。

是时候提挡加速了。

他加快速度，冲进了正式选手的阵营。但是他们中间有很多人开始感到疲乏，也有人正在为陡坡节约体力。当这个腆着肚子的中年男人追上他们，把他们甩到身后的时候，他看到大家脸上都露出不可思议的神情。

在猎人山坡上，斯科特的呼吸开始变得短促，吸进去和呼出来的空气变得灼热，夹杂着铜锈的味道。他的步伐不再轻盈，小腿感觉到一阵灼烧。左边腹股沟开始生疼，仿佛扭伤了什么东西。山坡的后半段看起来无比漫长。他想起米莉说的话：开始感觉很好玩，之后会变得艰难，最后简直像地狱。他现在是处于艰难阶段还是地狱阶段？他心想，他正处在地狱边缘。

他从来没认真想过，他能击败迪尔德丽·麦库姆（尽管他并不觉得完全不可能），但他觉得他能跑到队伍前排——他身上的肌肉能支撑他先前的体重，因此能让他跑得更远。这时，他超过几名放弃的选手，其中一名选手埋头坐在地上，另一名选手躺在地上喘气，于是他开始考虑能否击败迪尔德丽。

或许我还是太重了，他想，或许我根本不适合长跑。

又一阵雷声传来。

猎人山顶看起来依然遥不可及，他低头看着路面，碎石路面上的鹅卵石像科幻电影里的星星一样飞驰而过。他及时抬起头，差点撞上一名红发选手，她正双脚跨在黄色中线上，双手撑着膝盖喘气。斯科特刚好避开她，看到山顶在前方六十码远的地方。同时，他也看到一万米的标志。他眼睛盯着标牌向前跑，感觉不是在呼吸，而是在拼命喘气，每喘一口，都能感受到四十二岁生命中的每一个步伐。他的左膝开始疼痛，与腹股沟的疼痛串联到一起。汗水像热汤一样顺着脸颊流淌。

你能做到。你会做到的。必须全力以赴。

他妈的为什么不这么做呢？哪怕人生的末日不在二月、三月，而是在今天，也随它去吧。

他经过标牌，爬上山顶。右边是珀迪贮木场，左边是珀迪五金店。还剩下两千米。他能看到下方的城区，左右两边各有二十来家店面，门口悬挂着旗帜；看到一座天主教堂和一座卫理公会教堂像枪侠一样对峙着；看到倾斜的停车场（里面的每一个车位都停满了车）；看到人行道上挤满了人；

还看到镇上的两处红绿灯。第二处红绿灯前面就是廷桥，那儿已经挂起鲜艳的黄色撞线，撞线上装饰着火鸡图案。现在斯科特看到前面只剩六七名选手。红色上衣排在第二，她与领跑者的距离正在缩短。迪尔德丽已经开始赶超。

我永远也追不上她，斯科特想。她已经领先太多。那该死的山丘没有击垮我，但它已经把我的体力消耗得所剩无几。

突然，他的肺里感到一阵轻松，每一次呼吸都比前一次更舒畅。他感觉运动鞋上的铅块不见了（他穿的不是亮瞎人眼的阿迪达斯，而是一双破旧的美洲狮）。他的身体又恢复了之前的轻盈。这就是米莉所说的越跑越顺利吧，像麦库姆这样的职业选手毫无疑问会称之为跑步选手的兴奋期。斯科特很享受这一刻。他想起那天在院子里，弯曲膝盖，跳起来抓住树枝的情形。他想起自己跟着史提夫·汪达的歌曲《迷信》在厨房跳舞。现在的感觉如出一辙。不是越跑越顺，也不是进入了跑步选手的兴奋期，而是上升到新的高度。他感觉已经超越了自我，感觉还能继续向前。

他朝坡下跑去，经过赛道左边的奥利里福特汽车店和右边的佐妮超市，他超过一个又一个选手。他已经将四名选手甩到身后。他不知道超越的时候对方有没有盯着他看，他已经不在乎这个。他的全部注意力都集中在红色上衣和蓝色短裤上。

迪尔德丽开始领跑。这时，头顶响起了更加频繁的雷声——这是上帝的发令枪，斯科特感到第一滴冷雨砸在他的后颈上。紧接着，第二滴落在他的胳膊上。他低下头，看到雨点接二连三落在地上，碎成硬币大小的黑团。现在，尽管他们离终点线还有一英里远，距离镇中心人行道开始的地方还有半英里远，但是主街两边已经站满观众。斯科特看到雨伞像花儿一样次第绽开，场面十分美妙。还有阴沉的天空，路上的卵石，还有火鸡快跑比赛最后一千米的橙色标记，这一切都十分美妙。整个世界闪现在他面前。

在他前面，一名选手突然离开赛道，跪了下去，倒在地上，痛苦地张开嘴巴，看着天上的雨。现在他和迪尔德丽之间只剩下两名选手。

斯科特经过最后一个橙色标记。只剩下最后一千米，不到一英里[①]的距离。他已经从一挡加速到二挡。现在，路两边开始出现人行道——人行道上站满了欢呼的观众，有些挥舞着火鸡快跑的旗帜——是时候了，他得检验一下是否还有三挡或者超速挡。

去他的，他一边想，一边加快节奏。

雨似乎停歇了片刻，正当斯科特以为雨要到比赛之后才开始下的时候，瓢泼大雨倾斜而下，两边人行道上的观众，有的被逼到雨篷下面，有的钻进门廊里。能见度降到百分之

---

① 1 英里 =1.609344 千米。

二十，然后是百分之十，直到接近零。斯科特觉得冷雨无比甘甜；味道近乎神圣。

他超过一名选手，又超过第二名选手。第二名选手就是之前的领跑，迪尔德丽已经超过他。他的步伐已经降到行走的速度，街道上雨水横流，他低头向前挪动，双手扶着臀部，湿透的上衣粘在身上。

前方，透过灰色的雨幕，斯科特看到红色上衣。他心想，他的油箱里仅存的汽油勉强可以超过她，但是等不到超过她比赛就会结束。主街尽头的红绿灯已经从视野里消失。廷桥和黄色的撞线也都消失不见。现在，只有他和麦库姆两个人，在暴雨中摸索前行。斯科特有生以来从未感到如此幸福。不过幸福太过温柔。此刻，当他探索自己耐力的最大极限时，他发现了一个新世界。

是所有的一切带来了这个瞬间，他心想。让他上升到新的高度。如果死亡就是这种感觉，每个人都会憧憬死亡。

他逼近迪尔德丽·麦库姆，看到她回过头来。她回头的时候，湿透的马尾辫重重地落在肩膀上。看到向她发起冲刺的人之后，她瞪大了眼睛。她转身向前，低下头，加快速度。

斯科特的速度开始赶上她，然后速度超过她。他不断逼近，再逼近，现在几乎近到可以触摸她湿透的上衣后背，近到可以看清成股的雨水从她的后颈往下淌。近到——尽管雨声咆哮——能够听清她在雨中喘息的声音。他能看到她，却看不到道路两旁的建筑，看不到远处的红绿灯，也看不到廷桥。他已经失去所有的意识，不知在主街上身处何处，也看不到任何标志。他唯一的标志就是红色上衣。

她又回头看了一眼，这次回头是个错误。她的左脚绊在右脚踝上，摔了下去，胳膊散开，身体前方和两边都溅起大片水花，像是孩子们跳水一般，肚皮先着水面。他听到她发出一声呻吟。

斯科特跑到她身边，停下来，弯下腰。她撑起一只胳膊看着他。她的表情，夹杂着愤怒和疼痛，显得痛苦不堪。“你是怎么作弊的？”她喘着气问。

“去你的，你是怎么作……”

他抓住她。一道闪电划过，刺眼的光芒让他畏缩了一下。“加油。”他把另一只胳膊绕到她腰上，扶她起来。

她睁大眼睛。又是一道闪电。“噢，天哪，你对我做了什么？我这是怎么了？”

他没理会她。她双脚向前移动，不过不是行走在街上一英寸深的流水里。她的双脚凌空飞跃。他知道她这是怎么了，他相信这种感觉一定很神奇，但他自己体会不到。她感觉十分轻盈，甚至不止是轻盈，但对他来说十分沉重，因为她苗条的身体浑身长满肌肉。他放开她。他仍然看不到廷桥，但是看到模糊的黄色条纹，那应该就是撞线。

“冲啊！”他指着撞线喊道，“跑啊！”

她冲了上去。他紧随其后。她撞上撞线。又一道闪电。他跟上去，在雨中举起双手，跑上廷桥时放慢了速度。他看到她双手支撑跪在地上。他也跪倒在她身旁，俩人都在拼命喘气，仿佛空气已经变成液体。

她看着他，水流像泪水一样在她脸上流淌。

“发生什么了？天哪，你把胳膊放到我身上，我感觉失重了！”

斯科特想起他去看鲍勃医生那天装进上衣口袋里的硬币。他想起举着一对二十磅重的哑铃站在浴室里的健康秤上。

“是的。”他说。

“迪迪！迪迪！”

是米西，她朝俩人跑过来，边跑边伸出胳膊。迪尔德丽挣扎着站起身，抱住她老婆。她们踉跄了一下，差点摔倒。斯科特准备伸出胳膊抱住她们，但没碰她们。又一道闪电划过。

这时，城堡岩的人们围拢上来，雨中响起热烈的掌声。

第五章

比赛之后

当晚，斯科特躺在盛满热水的浴缸里，水温高得几乎难以忍受，他用这种方式来减缓肌肉酸痛。电话响了，他从浴缸旁椅子上的干净衣服下面摸出手机。我真是被这玩意儿绑架了，他心想。

“你好？”

“我是迪尔德丽·麦库姆，凯里先生。我是不是该选个日子去你家吃晚饭？下个星期一吧，餐馆星期一不开门。”

斯科特笑了。“你赢了。从今以后你们的狗狗可以在我家草坪上自由活动。”

“我俩心里都清楚，事实不是这样，”她说，“实际上，是你主动放弃了冠军。”

“冠军是你应得的。”

她笑了。这是他第一次听到她笑出声来，笑声十分动听。“我的高中跑步教练要是听到这句话，肯定会抓狂。他经常说，应然和实然没有必然联系。我可以接受胜利，但是你必须请我吃晚饭。”

“那我可得温习一下怎么做素菜了。下星期一我没问题，但是你得把你老婆也带上。七点怎么样？”

"好，她肯定不会错过的。还有……"她犹豫了一下，"我说了不该说的话，我要向你道歉。我知道你没有作弊。"

"不用道歉。"斯科特说。他这么说是认真的。因为，他作弊的方式，完全不是故意的。

"即使不为这个道歉的话，我也得为我之前的所作所为道歉。我可以为自己的所作所为找些情有可原的理由，但是米西告诉我没有理由，她可能是对的。我有……成见……改变这种成见很难。"

他想不好该怎么回答，于是换了个话题。"你们两个有没有谷蛋白过敏？或者乳糖不适？有的话请告诉我，免得做的东西你和米西——唐纳森太太——不能吃。"

她又笑了。"我们不吃肉和鱼，仅此而已。其他都能吃。"

"鸡蛋呢？"

"鸡蛋也能吃，凯里先生。"

"斯科特。叫我斯科特吧。"

"好吧。请叫我迪尔德丽，或者叫我迪迪。我取这个名字，是为了避免和叮叮重名。"她犹豫了一下，"我们吃饭的时候，你能不能告诉我，你拽起我的时候发生了什么？我跑的时候感到很奇怪，每个选手都有……"

"我自己也觉得有点儿奇怪，"斯科特说，"从猎人山开始，事情变得很……蹊跷。"

"但我以前从未有过这种感觉。有几秒钟的时间，我感觉像是在空间站上，或者在类似的地方。”

“好吧，我能解释。但是我想邀请我朋友埃利斯医生一起来，具体情况他已经知道。还有他老婆，如果她有时间的话。”前提是她愿意来，这句话斯科特没有说出口。

“好吧。星期一再说吧。对了，你一定要读一下《新闻先驱报》。报纸要到明天才会出来，但是网上已经有了。”

肯定有了，斯科特心想。在二十一世纪，印刷报纸就成了马车工厂。

“我会读的。”

“你以为是闪电吗？在终点的时候？”

“是啊。”斯科特说。不然还能是什么？闪电和雷声就像花生酱和肉冻一样形影不离。

“开始我也以为是闪电。”迪迪·麦库姆说。

他穿上衣服，打开电脑。新闻就在《新闻先驱报》网站首页。他确信这条新闻会上星期六的报纸封面，甚至出现在头版靠前的位置，紧跟着各种新世界危机的新闻。新闻标题是：**《本地餐馆老板获得城堡岩火鸡快跑比赛冠军》**。新闻上说，这是 1989 年以来本地居民第一次赢得比赛冠军。网络新闻中只有两张照片，但是斯科特猜想星期六的报纸上会印更多照片。原来，比赛终点处的闪光，并不是闪电，而是报社记者的闪光灯，尽管下着雨，他拍的照片绝对一流。

第一张照片里，迪尔德丽和斯科特在一起，背景中，廷桥的信号灯变成暗红色。这就说明她摔倒的地方距离终点线不足七十码[①]。他的手扶着她的腰。她的马尾辫已经松开，头发粘在脸上。她疲惫而又惊奇地抬头看着他。他低头看着她……脸上带着笑容。

图片标题是：**《在朋友的帮助下夺得冠军》**。下面写着：迪尔德丽·麦库姆在终点线附近湿滑的道路上摔倒，城堡岩居民斯科特·凯里扶她起来。

第二张照片的标题是：**《胜利的拥抱》**，提到了照片上三个人的名字：迪尔德丽·麦库姆、梅利莎·唐纳森和斯科特·凯里。迪尔德丽和米西拥抱在一起。斯科特并没有碰到她们，他只是本能地抬起胳膊，做出环绕她们的手势防止她们跌倒，但是看起来像是与她们抱在一起。

新闻主体部分提到迪尔德丽·麦库姆和“她的伴侣”开的餐馆，还引用了这家报纸八月份的一次评论，说餐馆主打“得克萨斯州-墨西哥风味素菜，不容错过。值得客人前往体验”。

斯科特坐在电脑前，小猫比尔跑到茶几上，栖息在平时的地方，神秘的绿色眼睛打量着他的人类宠物。

“我跟你说吧，比尔，”斯科特说，“如果这样客人还不会

---

① 1码=0.9144米。

增加，那可就没辙了。”

他走进浴室，站到秤上。结果他一点都不惊讶。他的体重已经降到一百三十七磅。可能是劳累了一天的缘故，但是斯科特并不这么认为。他心想，由于他把新陈代谢速度提高了一挡（最后提高到加速挡），整个进程也随之加速。

看来人生末日比他预想的要早几个星期。

迈拉·埃利斯到底还是跟着她丈夫一起来了。一开始她感觉有点儿不好意思——甚至有点儿害羞，米西·唐纳森也是如此，但是喝完一杯比诺葡萄酒之后，两位太太都感到如释重负。之后（斯科特还做了芝士、薄脆饼干和橄榄），奇迹出现了——她们发现彼此都对真菌很感兴趣，在饭桌上她们大多数时间都在探讨食用菌的话题。

“你很内行啊！”迈拉感叹说，“我要问一下，你上过烹饪学校吗？”

“上过呀。那是遇见迪迪之后，在我们结婚之前很早的时候。我上了 ICE，全称是……”

“纽约烹饪教育学院！”迈拉感叹道，几片碎屑掉落到她带褶边的衬衫上，但她没有留意，“这可是名校呀！天哪，我真羡慕你！”

迪尔德丽面带笑容看着她们。鲍勃医生也面带微笑看着她们。一切都很完美。

斯科特上午去了汉纳福德商店，把诺拉留下来的一本《烹饪的快乐》摊开放在购物车的婴儿椅上。他咨询了很多问题，工夫不负有心人，这些研究工作收到了成效。他做了佛罗伦萨烤宽面包配蒜蓉吐司。看到迪尔德丽拿起一片、两片、三片吐司，他很高兴——但一点都不惊讶。她还处在赛后恢复阶段，正在补充碳水化合物。

“甜点只有从商店里买的奶油蛋糕，”他说，“但是巧克力冰淇淋是我自己做的。”

“我还是小时候吃的直到现在，”鲍勃医生说，“只有过节的时候妈妈才会做。我们都把它叫巧克冰。端上来吧，斯科特。”

“还有基安蒂酒。”斯科特说。

迪尔德丽鼓掌欢迎。她面色红润，眼睛闪着光芒，整个人状态很好。“把酒拿来！”

晚餐很丰盛，这是诺拉离开之后他第一次全力以赴做饭。看着大家吃饭，听着大家聊天，他才意识到，这座房子里只有他和猫走来走去是多么寂寥。

五个人吃光了奶油蛋糕。斯科特收盘子的时候，迈拉和米西都站起身。“让我们来吧，”迈拉说，“你做饭辛苦啦。”

“一点儿都不辛苦，夫人，”斯科特说，“我只要把盘子放到柜台上，晚点再开洗碗机。”

他把盘子拿到厨房，堆在台子上。他转过身，迪尔德丽站在那里，面带微笑。

“如果你想找工作的话，米西正在寻找助理厨师。”

“就怕我跟不上她的节奏，”斯科特说，“但是我会考虑的。周末生意怎么样？既然米西已经开始寻找助理，生意肯定不错喽。”

“座位都订完了，”她说，“所有桌子都订完了。有从大老远赶过来的客人，也有城堡岩我们没见过的客人，至少不是住在我们附近的人。接下来九到十天的座位都订得差不多了。简直像是重新开张，大家过来尝鲜一样。如果你的菜做得不好，甚至做得一般，就不会有回头客。但是米西的手艺可不一般。客人会再来的。”

“得了冠军之后情况就不一样了，对吧？”

“情况之所以变得不一样，是因为报纸上登了照片。如果没有你，这些照片只不过是女同性恋赢了场比赛而已。”

“这么说太苛刻了。”

她摇摇头，面带微笑。“我觉得不是这样。请你做好准备，老兄。我要抱你一下。”

她走上前。斯科特向后退，伸出双手，手掌向前。她的脸色暗了下来。

“不关你的事，”他说，“相信我，我很想跟你拥抱。我们应该拥抱一下，但是这样做恐怕不安全。”

米西站在厨房门口，手上拿着酒杯。“怎么了，斯科特？

是不是出了什么事？”

他笑了。“你说得对。”

鲍勃医生开口说：“你准备告诉她们吗？”

“对，”斯科特说，“到客厅去吧。”

他把一切都告诉了大家，顿时感到心里放下一块巨石。迈拉露出疑惑不解的表情，米西则完全不敢相信。

“这怎么可能？体重下降人的体型会发生变化，这是常识呀。”

斯科特犹豫了一下，然后走到她面前，她挨着迪尔德丽坐在沙发上。“把手伸出来。只要一下下。”

她毫不犹豫伸出手。她对他十分信任。这么做不会造成伤害，他心想，希望不会造成伤害。迪尔德丽摔倒的时候，他过去扶起她，现在她不是还好好的吗？

他捏住米西的手，拉了一下。米西从沙发上飞了起来，她的头发飘到身后，眼睛瞪得浑圆。

他抓住她，以免她撞到自己，将她举起、放下，然后退了回来。他的手拿开时，她的膝盖弯了一下，身体又恢复了重量。然后她站在那里，惊奇地看着他。

“你……我……天哪！”

“感觉怎么样？”鲍勃医生问道，他坐直身子，眼睛炯炯有神，“说说吧！”

“这……我形容不出来。”

“试着形容一下。”他敦促说。

“感觉有点儿像坐过山车，经过第一个陡坡之后开始下坠一样。我的胃里一阵翻滚……”她笑得花枝乱颤，眼睛仍然盯着斯科特，“一切都抬升了！”

“我在比尔身上试过，”斯科特一边说，一边朝比尔点了一下头，比尔正躺在壁炉上，“它大吃一惊。急忙从我胳膊上窜了下去，在我胳膊上抓了几道口子。比尔从来不抓人的。”

“你抓住的所有东西都会失重？”迪尔德丽说，“真是这样吗？”

斯科特想了想。他经常在想这个问题，有时他觉得发生在他身上的情况不是某种现象导致的，而是由细菌或者病毒引起的。

“生命体没有重量，至少对它们来说没有重量。但是……”

“它们对你来说有重量。”

“是的。”

“但是其他东西呢？没有生命的物体呢？”

“只要我拿起它们……或者穿上它们……就没了重量。重量消失了。”他耸耸肩。

“这怎么可能？”迈拉问道，“这怎么可能呢？”她看着自己的丈夫，“你明白吗？”

他摇摇头。

“这是怎么回事?”迪尔德丽问道,“是什么原因造成的?”

“不知道。我甚至不知道从什么时候开始的,因为我一直没有称重的习惯,等我开始称重时发现就是这样了。”

“你之前在厨房里说被你碰到不安全。”

“我说恐怕不安全。我说不准,但是突然失重可能会对你的心脏……血压……还有脑功能……造成损伤,谁知道呢?”

“宇航员会失重,”米西反驳说,“或者接近失重。我猜那些绕地飞行的宇航员仍然承受着一定的地球引力。在月球上行走的宇航员也是。”

“还不止是这样,对吗?”迪尔德丽说,“你担心会传染吧。”

斯科特点点头。“这一点我想过。”

大家一阵沉默,所有人都尝试思考这个不可思议的问题。之后米西说:“你必须就医!必须接受检查!让在这方面懂行的医生……”

她的声音越来越小,因为她意识到一个很明显的问题:没有哪个医生在这方面懂行。

“他们说不定能找到治疗的方法,”她最后说,她转向埃利斯,“你是医生。你劝劝他!”

“我早就劝过他,”鲍勃医生说,“劝了多少次。斯科特拒绝了。一开始我觉得他有问题——他脑子出了毛病，但是后来我改变主意了。我怀疑这种现象不能用科学方法来研究。或许它会自行停止……甚至走向相反的方向……但我觉得世界上最好的医生也无法理解，更不要说采取干预措施了，且不说干预能不能起到积极的效果。”

“我可不想待在医院病房或者政府实验室里，完成这个减肥计划，不想接受各种各样的检查。”斯科特说。

“我看你也不想吸引大家的注意，”迪尔德丽说，“我能理解，完全理解。”

斯科特点点头。“所以，请大家理解，请大家对今天在这里听到的消息保守秘密。”

“但是你怎么办？”米西突然说道，“你的重量完全消失之后你怎么办？”

“我也不知道。”

“你要怎么活下去呢？你不能成天……成天……”她环顾大家，似乎想让别人帮她说出她的想法，但是没人帮她，“你不能成天漂浮在天花板上呀！”

斯科特早已想象过这样的生活，但他又耸耸肩。

迈拉·埃利斯身体往前靠，她双手紧握，露出白色的指关节。“你是不是很害怕？我想你肯定很害怕。”

“事情就是这样，”斯科特说，“我不害怕。一开始我有些害怕，但是现在……怎么说呢……还好吧。”

迪尔德丽眼里流出泪水，但她笑了。“我想这一点我也能理解。”她说。

“是啊，”他说，“我相信你能理解。”

他想，如果有谁不能保守秘密，那肯定是迈拉·埃利斯，因为她参加了各种各样的教会团体和镇委员会。但她真的保守了秘密，所有人都保守了秘密。他们像秘密社团一样，每个星期在豆子餐馆聚一次，迪尔德丽总是为他们预留好一桌，桌上摆着标牌，上面写着“埃利斯医生预订”。餐馆里总是座无虚席，或者几乎是座无虚席。迪尔德丽说，新年过后，如果客人还是这么多的话，她们必须提早开门营业，接待两轮客人。米西真的雇用了一名助理厨师在厨房帮忙。她听了斯科特的建议，雇了本地人——米莉·雅各布斯的大女儿。

“她动作有点儿慢，”米西说，“但她很好学，等到明年夏天的游客旺季，她应该就能上手。等着瞧吧。”

说到这里，她红了脸，低头看着手，她意识到明年夏天游客回来时，斯科特可能已经不在了。

12 月 10 日，迪尔德丽·麦库姆在城堡岩镇广场点亮了高大的圣诞树。近一千人参加了当晚的典礼，高中合唱队演唱了季节歌。库格林镇长打扮成圣诞老人，乘直升飞机抵达现场。

迪尔德丽登上讲台时，人群中响起一阵掌声。她宣布说，城堡岩镇三十英尺[①]高的云杉是“新英格兰地区最好的镇上最好的圣诞树”，人群中顿时响起一阵赞同的欢呼。

彩灯亮起，树尖上的霓虹天使转动起来，不断向人行礼。在场的人和高中生们一起歌唱：圣诞树，噢圣诞树，你的树枝多么可爱。看到特雷弗·扬特在人群中唱歌、鼓掌，斯科特感觉很好笑。

这天，斯科特·凯里的重量是一百一十四磅。

① 30英尺约合9.144米。

第六章

生命之轻

斯科特所谓的“失重效应”有一些局限。他的衣服并没有从身体上飘浮起来。他坐在椅子上时椅子也不会飘起来。不过，如果他拿着椅子走进浴室站到体重秤上，椅子的重量就会消失。或许这个现象背后有一些规则，但他不明白是什么规则，也不想去研究。他的心情还很乐观，他晚上还能一觉睡到天亮。这才是他关心的事情。

新年那天，他打电话给迈克·巴达拉蒙特，表达了新年祝福，然后说他准备几周后去加利福尼亚看望他唯一在世的姑姑。如果他去的话，看迈克能不能收留他的猫。

“我不知道，”迈克说，“或许可以吧。它是在盒子里拉屎撒尿吗？”

“当然啦。”

“为什么让我收留它？”

“因为我觉得每家书店都应该养只猫，而你们家现在还没有。”

“你要离开多久？”

“不知道。这得看哈丽雅特姑姑的身体状况。”当然，根本不存在所谓的哈丽雅特姑姑，或许他得请鲍勃医生或者迈拉把猫送到迈克店里。迪尔德丽和米西身上都已经带有狗狗的味道，斯科特也已经无法接触他的老朋友。如果他靠得太近，比尔就会跑开。

“它吃什么？”

“喜跃牌猫粮，”斯科特说，“等我走的时候，我会多送些猫粮过去。”

“好吧，就这么办。”

“谢谢啦，迈克。你真够朋友。”

“我是够朋友，但不只是因为我们是朋友。迪尔德丽摔倒时，你扶她起来，让她能够完成比赛，你为这个镇子做了一件小事，但这件小事很有意义，很有德行。她经历了太多丑恶的遭遇，现在情况改善了。”

“稍微改善了那么一点点。”

“其实改善了很多。”

“谢谢你。再一次祝福你新年快乐！”

“新年快乐，兄弟。你的猫咪叫什么名字？”

“比尔，它叫比尔。”

“跟《布鲁姆县城》[①] 中的猫一个名字。真酷。”

“你可以时不时把它抱起来，抚摸一下它。如果我决定离开的话。它喜欢这样。”

---

① 《布鲁姆县城》是美国长篇连环漫画。

斯科特挂上电话，想到离别——尤其是离别珍视的朋友——意味着什么，然后闭上眼睛。

几天后鲍勃医生打来电话，问斯科特的体重下降速度是不是维持在每天一磅半到两磅之间。斯科特回答说是。他心里清楚，他不会因为这个谎言受到困扰；他的体型看起来一直没变，凸起的肚子耷在腰带上。

“那……你还是认为体重会在三月初降到零吗？”

“对。”

斯科特心想这一天可能会在一月底之前来临，但他无法确定，甚至无法准确估计，因为他已经停止称重。不久前，他决定远离浴室里的体重秤，因为读数太高；如今，他又远离体重秤，原因正好相反。这对他来说真是不无讽刺。

目前，鲍勃和迈拉·埃利斯还不知道他的体重在加速下降，米西和迪尔德丽也不知道。但他终究得向大家坦白，因为他需要他们中间有人帮他。他知道谁可以帮他。

“你现在有多重？”鲍勃医生问。

“一百零六磅，”斯科特说。

“见鬼！”

他能够想象，如果埃利斯像他一样知道事情的真相——他可能只有七十多磅，他肯定不止骂这一句。他只需迈出四大步，或者只需纵身一跃，抓住顶梁，像人猿泰山一样荡一下，就能穿越宽敞的客厅。他还没有达到月球上人体的重量，但是已经接近了。

鲍勃医生沉默片刻，然后说："你有没有想过，致病原因可能是某种生命体？"

"当然考虑过，"斯科特说，"可能是因为伤口感染了外星细菌，或者是吸入了某种极其罕见的病毒。"

"有没有想过这东西可能有知觉？"

这次轮到斯科特陷入沉默。最后他说："有可能。"

"我不得不说，你表现得很坚强。"

"到目前为止，还算坚强。"斯科特说，但是三天之后，他才发现在末日来临之前他还得面对多少困难。你以为你知道，你以为你能做好准备……然后你想去取邮件。

从新年开始，缅因州西部就开始化冻，气温高达华氏五十几度[①]。鲍勃医生打电话两天后，气温一路攀升到华氏六十几度，孩子们新学期开学时只穿着薄夹克。但是，这天晚上，气温骤降，天上开始飘雪。

斯科特丝毫没有留意天气。他晚上一直在电脑前工作，订购商品。这些东西他本来可以在当地的实体店买到——轮椅和胸部安全带可以从西维斯药店的造口器材处买，他在

① 1 华氏度约合 -17.22 摄氏度。

这里买过万圣节糖果。活动坡道和扶手可以从珀迪五金店买——但是当地人话多，他们喜欢打听。斯科特不想这样。

午夜前后雪停了，第二天天气晴朗而寒冷。新下的雪表面结了一层冰，肉眼很难分辨。他家草坪和车道仿佛被铺上了一层透明塑料。斯科特穿上大衣，出去取邮件。他已经习惯了从台阶上跳下去，直接跳到车道上。他腿部肌肉所能承受的重量远远超过他实际体重，因此双腿渴望着爆发出能量。

这时，他跳了下去，当他的双脚触到冰面时，脚溜开了。他屁股着地，笑了起来。这时他意识到自己开始向前滑，于是收敛笑容。他仰躺着从草坪的坡上滑了下去，就像街机保龄球游戏中球沿着锯屑表面滑动一样，距离街道越来越近，速度也越来越快。他伸手去抓灌木丛，但是灌木上结了一层冰，他的手滑了。他翻了个滚，伸开双腿，心想这样速度会降下来。但是事实并非如此，他转而向一边滑去。

冰面有点厚，但又不是特别厚，他心想。如果我有看起来那么重的话，就能压碎冰面停下来。但是我没那么重。我会滑到街上，要是碰巧有车经过的话，司机很可能来不及刹车。那我就不用担心体重降到零的那一天了。

但他并没有滑那么远。他结结实实撞到信箱柱子上，撞得气都出不来了。恢复过来以后，他准备站起身。他的双腿在光滑的冰面上劈开，又摔了下去。他用双脚夹住信箱柱子用力蹬了一下。还是无济于事。他滑了四五英尺远，冲力消失之后，又滑回柱子边。接下来，他尝试往前爬，但是手指在冰面上打滑。他忘了戴手套，手冻麻了。

我需要帮忙，他心想，迪尔德丽的名字马上跳进他的脑海。他伸手去摸上衣口袋，但是手机没带，忘在了书桌上。当然，他觉得他可以挪到街上，在路边挥手拦车。有人会停下车来帮他，但是这人肯定会问一些他不想回答的问题。他的车道更让人绝望：看起来像个溜冰场。

这下好了，他心想，我变成了一只被翻过来的乌龟。现在手冻麻了，很快脚也会冻麻。

他探头看着光秃秃的树木，树枝在明净的蓝色天空中轻舞。他看着信箱，似乎看到了解决这个既严肃又好笑的难题的办法。他用裤裆抵着柱子，坐了起来，抓住了信箱一边的金属旗子。旗子很松，使劲拉了两下就断掉了。他用断掉的金属片在冰面上凿了两个小坑。一只膝盖挪到坑里，然后把一只脚放到另一个坑里。他站起身，空着的一只手扶住柱子保持平衡。他就这样从草坪移动到台阶前，弯腰铲开冰面，向前走一步，再继续铲开冰面。

几辆车从路上经过，有人按了喇叭。斯科特举起一只手，头也没回地挥挥手。等他回到台阶旁，双手已经失去了知觉，一只手上有两个地方在流血。他的背疼得要死。他朝门前走，又滑了一下，他及时抓住结冰的铁栏杆，避免再次滑回信箱旁。即使这次有了小坑，他也不知道他能否再次爬回来。他精疲力竭，上衣里汗流浃背。他在门厅里躺倒。比尔过来看他——他并没有靠得很近，喵地叫了一声，表示关切。

“我还好，”他说，“别担心，还有人喂你。”

是的，我还好，他心想。只不过是在冰面上即兴玩了一下雪橇。但是，奇怪而又可恶的事情正式开始了。

他想，要是有什么让人感到安慰的事情，那就是这种离奇而又可恶的局面不会持续太久。

但是我必须尽快装上扶手，安好坡道。时间所剩不多了。

一月中旬的一个星期一，“埃利斯博士团队”成员们最后一次聚餐。斯科特已经有一个星期没有看到大家，他说自己要躲起来完成百货商店的项目。实际上，项目在圣诞节前已经完成，至少初稿已经完成。他想，后续工作会有人接手。

他说大家必须自带食物，因为做饭对他来说已经变得十分艰难。实际上，任何行动对他来说都很艰难。上楼倒是简单，三步就能上楼，毫不费力。下楼相对更难。他害怕跌倒摔断腿，所以他扶住栏杆，一步一步缓慢下楼，就像患了痛风或者臀部有伤的老人一样。他经常撞到墙上，因为他很难判断动量，控制动量更是难上加难。

迈拉问他台阶上的坡道是怎么回事。鲍勃医生和米西则更关心放在客厅角落里的轮椅和挂在椅背上的胸带——只有不能直坐的病患才需要这些。迪尔德丽没有问问题，只是用理智和担心的眼神看着他。

他们吃了可口的蔬菜砂锅（米西做的），烧土豆配芝士酱（迈拉做的），还有其貌不扬但是美味可口的天使蛋糕，蛋糕只是底部略微烤了一下（鲍勃医生做的）。酒很不错，聊天和笑声更棒。

吃完之后，他说："是时候坦白了。我一直没告诉大家真相。事情发展的速度比我说的快得多。"

"斯科特，不是吧！"米西喊道。

鲍勃医生点点头，一点儿都不觉得意外。"快了多少？"

"不是一天一两磅，是一天三磅。"

"你现在体重多少？"

"我不知道。我已经很久没称了。我们一起去看看吧。"

斯科特准备起身。他的大腿绊在桌子上，身体朝桌上倒去，他伸手去拦，碰倒了两只酒杯。迪尔德丽迅速拿起桌布扔到倒出来的酒上。

"对不起，对不起，"斯科特说，"最近总是控制不好力量。"

他小心翼翼地转身，仿佛穿着溜冰鞋一样，往屋子后面走。无论他多么小心，他的步伐总像是在跳跃。他仅剩的体重想将他留到地上，但他的肌肉却想将他挣离地面。他失去平衡，必须抓紧新装的扶手才避免一头冲到过道上。

你们真该看看我上次取邮件的样子，斯科特想，那才是真正的学习经历呢。

至少没人重提去医院的话。倒不是说他对此感到惊讶。只需看一下他移动的样子有多么笨拙、多么荒谬、多么奇怪、又多么优雅，就足以打消这种念头，因为任何医院对这种症状都爱莫能助。事到如今，还牵涉个人隐私。大家都明白。对此他很欣慰。

大家都挤进浴室，看着他站到奥泽瑞健康秤上。“天哪，”米西安静地说，“噢，斯科特。”

秤上的读数是三十点二磅。

他回到餐厅，大家跟在他身后。他小心翼翼地走，像是摸着石头过河一样，最后还是撞到餐桌上。米西本能地伸手扶他，但还没碰到他就被他挥手制止了。

大家坐好后，他说：“我还好。说实在的，感觉很好。真的。”

迈拉脸色惨白。“怎么会这样？”

“我不知道，就是这样。这是我们的道别晚宴。我再也见不到你们了。迪尔德丽除外。在最后一刻我得有人帮忙。你愿意帮忙吗？”

“当然愿意。”她毫不犹豫地说，说着用一只胳膊抱住她妻子，她妻子已经开始哭泣。

“我只想说……”斯科特顿了一下，清了清嗓子，“我想说的是，真希望我们在一起的时间能更长一点。你们都是我的好朋友。”

“这么说真是让人感动。”鲍勃医生说。他正用餐巾擦着眼睛。

“这不公平！”米西喊道，“这他妈的不公平呀！”

“别这么说，”斯科特说，“是不公平。但是好在我没有孩子，我前妻过得也很幸福，这就够了。跟癌症相比，跟阿尔茨海默症相比，或者跟医院病房里的烧伤患者相比，这已经很公平了。如果有人说出去的话，我想我会被载入史册。”

“我们不会说的。”鲍勃医生说。

“我们不会，”迪尔德丽赞成地说，“我们绝不会说出去的。你能告诉我你想让我做什么吗，斯科特？”

他能说，也的确说了。除了入户柜里一个纸袋中藏的东西之外，他把所有细节都说了出来。大家安静地聆听，没人表示反对。

他说完之后，迈拉腼腆地问他：“你感觉怎么样，斯科特？是种什么感觉？”

斯科特想起他从猎人山上跑下去的感觉，他又重新焕发出力量，隐藏在平凡事物中的整个世界都显现出来——低矮的灰色天空，镇中心街道上飘动的彩旗，一颗颗珍贵的鹅卵石，还有路边丢弃的烟头和啤酒罐。他的身体一度进入最佳状态，每一个细胞都充满氧气。

“感觉高度被提升了。”他最后说。

他看着迪尔德丽·麦库姆，看到她闪亮的眼睛盯着他看，知道她已然明白为什么选择让她帮忙。

迈拉把比尔诱到猫笼里。鲍勃医生把笼子装进他的丰田超霸后座上。然后，四个人站在门廊上，在夜晚凛冽的空气中，他们呼出阵阵白汽。斯科特仍然站在门口，紧紧抓着扶手。

“走之前我能说句话吗？”迈拉问。

“当然可以。”斯科特说，但心里希望她不要说。他只希望他们静静地走开。他心想，他已经发现了一条人生的真谛（这条真谛不发现倒是更好）：与一磅一磅地跟自己的体重说再见相比，人生中更艰难的事情就是跟朋友们永别。

“我以前很愚蠢。对于你身上发生这种事，我很抱歉，斯科特。但对于我身上发生的事，我很高兴。如果没有发生这种事，我可能会对很多美好的事和善良的人视而不见。我会成为一个愚蠢的老太婆。我不能拥抱你，所以只能这样。”

她张开双臂，将迪尔德丽和米西揽入怀中，紧紧拥抱。她们也拥抱了她。

鲍勃医生说：“如果需要我帮忙，我会以百米冲刺的速度赶过来。”他笑笑又说：“嗨，百米冲刺我是不行了，但是你明白我的意思。”

“我明白，”斯科特说，“谢谢你。”

“就这样吧，老伙计。小心脚下。慢点儿行动。”

斯科特看着他们走到鲍勃医生车旁，上了车。他挥挥手，同时小心地抓住扶手。然后他关上门，半走半跳进了厨房，感觉像是卡通人物。这就是他保守秘密最重要也是最根本的原因。他觉得自己看起来很荒谬，的确很荒谬……但是只有置身事外的人才会觉得荒谬。

他坐在厨房餐台边，看着厨房的角落，过去七年这里一直摆放着比尔的食物和水，现在变得空空如也。他凝视良久，然后上楼睡觉。

第二天，他收到米西·唐纳森的一封邮件。

我告诉迪迪，我想跟她一起去陪你走完最后一程。为此我们吵了一架。直到她提起有关我的脚的事，我才妥协。那时我还小。我现在能正常奔跑——我喜欢跑步，虽然说这么多年过去了，我永远也不能成为迪迪这样的专业跑步选手。我生下来的时候有点儿马蹄内翻足，知道吧，也叫畸形足。七岁时做了矫正手术，但是走路必须拄拐杖，过了很多年才学会正常行走。

我四岁时——我记得很清楚——把脚拿给我朋友弗利西蒂看。她取笑我，说我的脚长得又丑又蠢。从那以后，除了妈妈和医生，我谁都不让看。我不想让人取笑。迪迪说你现在就是这种感觉。她说："他想让你记住他正常的样子，而不是在屋里跳来跳去，像二十世纪五十年代科幻电影中的特效一样。"

经她这么一说，我才明白，但我不是说我喜欢这样，或者说你应该这样。

斯科特，你在比赛那天的所作所为让我们能够在城堡岩继续待下去，不仅是因为我们在这里有生意，而且因为我们已经成为镇上的一分子。迪迪相信她会收到加入美国青年会的邀请。她说这很无聊，但我知道，她心里一点都不觉得无聊。这是一种奖励，跟她在长跑比赛中赢得的奖励一样。唉，不是所有人都会接受我们，我也不会无聊（或者说天真）到这么想，有些人永远也改变不了看法，但大多数人会接受我们。很多人已经开始接受我们。如果没有你，就不会有这样的局面。如果没有你，我爱人身上有一部分天性将永远被这个世界囚禁。这一点她不会向你坦白，但我可以：你卸下了她肩上的负担。这是个沉重的负担，现在她又能抬头挺胸做人了。一直以来，她都像是浑身长刺了一样，我没想过她会改变，但她现在更开朗了。她的视野比以前更开阔，更愿意聆听，她还可以做得更好。是你让这一切成为可能。她摔倒时你把她扶了起来。

她说你们之间有种联系，你们惺惺相惜，所以她最后必须去帮你。你会问我觉得嫉妒吗？有一点儿嫉妒，但是我可以理解。特别是当你说你感觉高度上升了的时候。她在赛跑时就是这种感觉。这正是她参加比赛的原因所在。

请保持勇敢，斯科特，请记住我在想着你。上帝保佑你。

爱你的米西

附：我们去书店的时候，会照看比尔。

他想打电话给她，感谢她在邮件中给他这么高的评价，但转念一想这么做不合适。这样的话就会把她们两个都牵扯进来。结果他将她的便条打印出来，装在保护带的一个口袋中。

他走的时候，想带着便条一起走。

接下来的星期天早上，斯科特沿着门厅走进楼下的浴室，这时他的步伐已经不再是步伐。每走一步，他都会飘浮起来，触到天花板上，他则伸开手指，撑回地面。壁炉点着了，炉口的气流将他吹偏到一边。他转动身体，抓住一个扶手，才从炉膛前经过。

到了浴室，他在秤上飘了很久才落下来。起先他以为自己已经没有体重。最后，秤上出现一个读数：二点一磅。对此他已经有所预料。

这天晚上，他拨响了迪尔德丽的手机。他说得很简单：“我需要你帮忙。你能来吗？”

“能。”她只说了一个字，对他来说一个字就够了。

房门关着但没上锁。迪尔德丽从门缝溜进来，因为炉膛有火。她打开门厅的灯，屋内亮了起来，然后她走进客厅。斯科特坐在轮椅上。他系上了安全带，安全带扣在椅背上，但他的身体从座位上浮起来，一只胳膊飘在空中。他脸上闪着汗珠，胸前的衬衫已经被汗水浸湿。

“差点等不及了，”他说，听着好像喘不过气来，“我只能游到轮椅上。游的是蛙泳，不怕你不信。”

迪尔德丽相信他说的话。她走到他身边，站在轮椅前，惊奇地看着他。“你坐在这里多久了？”

“有一会儿了。我想等到天黑。外面黑了吗？”

“天快黑了。”她跪到地上，“噢，斯科特，这么做太糟糕了。”

他缓慢地前后摇头，仿佛人在水下摇头一样。“你能理解的。”

他飘浮的胳膊挣扎了一下，终于伸进背心的袖口。“你能在不碰我的情况下把带子扣到我胸前和腰上吗？”

“我想可以。”她说，但是当她跪在椅子前面时，她的膝关节两次蹭到他身上——一次蹭在他身子一侧，另一次蹭到了他的肩膀，每次她都感觉身体飘起，然后落下。每一次接触，她的胃里都一阵翻滚，让她想起他们家汽车每次剧烈颠簸时她爸爸都会喊一声“要来啦，宝贝儿”。或者说——米西说得对——就像过山车爬上第一个陡坡，停顿一下，然后突然下坠。

终于系好了。“现在怎么做？”

“我们很快就到外面去。不过先得打开柜子，进门的鞋柜。里面有一个纸袋，还有一捆绳子。我想你可以推着轮椅，如果你没法推的话，可以把绳子绑在头上用力拉。”

“你确定要这样做吗？”

他点点头，笑了。“你看我愿意下半辈子就这样绑在轮椅上度过吗？或者让人爬到活动梯子上喂我吃饭？”

“嗯，这样倒是可以拍个不错的 YouTube 视频。”

“这种视频没人会相信。”

她找到绳子和牛皮纸袋，拿到客厅里。斯科特伸出手。“来吧，姑娘，看你水平怎么样。把袋子扔过来。”

她把袋子扔过去，扔得很准。纸袋在空中划了一道弧线，飞向他张开的双手……落在他的手掌上方不足一英寸的地方……然后缓缓地落到他怀里。从这里开始，纸袋似乎重新获得了重量。迪尔德丽必须提醒自己，记住斯科特一开始的解释：事物对他来说十分沉重。这是个悖论吗？想想就让人头疼，不管怎么样，现在没时间思考。他撕开纸袋，拿出一个包着厚纸的方形物体，上面装饰着星爆般的图案，底部露出一个大约六英寸长的红色引信。

“这叫天灯。是从缅因州牛津县烟花公司花了一百五十美元买来的。从网上买的。希望物有所值。”

“你要怎么点燃呢？你现在这样……怎么点？”

“不知道我能不能点燃，但是我很有信心。这款烟花带有摩擦引信。”

“斯科特，我必须这么做吗？”

“对。”他说。

“你想这样离开。”

“对，”他说，“是时候了。”

“外面很冷，你身上有汗。”

“没关系。”

但对她来说有关系。她到楼上卧室里，从一个有人睡过的床上扯下一张床罩——曾经有人睡过，但是床垫上没有留下睡过的痕迹，枕头上也没有枕过的痕迹。

“床罩。”她哼了一声。此情此景，床罩这个词似乎变得很愚蠢。她把床罩拿到楼下，像扔纸袋一样扔给斯科特，又惊奇地看着床罩停止……散开……然后落在他胸口和膝盖上。

“把床罩包上。”

“好的，夫人。”

她看着他包好，然后将拖在地上的部分塞好。这一次，她升起得更高，仿佛连续经历两次“要来啦，宝贝儿”的颠簸。她的膝盖从地上腾起，她能感觉头发向上飘起。之后，她的膝盖再次落地，现在她更能理解斯科特为什么能笑出来。她想起在大学读到的一本书——可能是福克纳写的，内容是：重力是牵引我们进入坟墓的锚。这个人没有坟墓，也没有重力。他被豁免了。

“真舒服。”他说。

“别开玩笑了，斯科特。请不要开玩笑。”

她走到轮椅后面，犹豫不决地把手放到突出的把手上。没必要用绳子拉轮椅，因为她的体重还在。她把他推到门口，推上门廊，走下坡道。

这天晚上很冷，他脸上的汗顿时凉了下来，但是空气仍然甜美清爽，就像第一口咬苹果的感觉。一轮半月悬在头顶，繁星满天。

头顶的星星与地上每天踩过的卵石交相辉映，两者同样神秘，他心想。头顶是神秘，脚下也是神秘。重量，质量，现实：一切都是神秘。

“不要哭，”他说，“这又不是葬礼。”

她把他推到有积雪的草坪上。轮椅陷了八英寸深，停了下来。这里距离房屋不远，但离檐口又有足够的距离。故事将在这里黯淡收场，他一边想，一边笑。

“什么东西这么好笑，斯科特？”

“没什么，”他说，“一切都很好笑。”

“看这儿，看街上。”

斯科特看到三个人影，每个人都拿着一支手电筒。是米西、迈拉和鲍勃医生。

“他们不听劝。”迪尔德丽走到轮椅前，一只膝盖跪到这个人影前面，他目光炯炯有神，头发汗成一团。

“你有没有阻止他们？说实话，迪迪。”这是他第一次这么称呼她。

“嗯……我倒是没有尽力劝。”

他点点头，笑了。“就这么着吧。”

她笑了，擦了擦眼睛。“你准备好了吗？”

“好了。你能帮我解开卡扣吗？”

两个卡扣将安全带固定在椅背上，她帮他解开卡扣，他立即升腾起来，勒紧了安全腰带。她必须使劲，因为勒得很紧，在一月的寒风中，她的双手已经冻僵。她不停碰到他，每一次碰到他，她的身体都会从冰面上升起来，感觉就像弹簧单高翘。在她的努力下，束缚他的最后一道安全带终于解开了。

“我爱你，斯科特，”她说，“我们都爱你。”

“我也爱你们，”他说，“请代我吻一下你妻子。”

“吻两下也没问题。”她回答说。

之后，安全带从卡扣上滑出，彻底脱离。

他从椅子上缓缓升起，身体下方的床罩仿佛长裙的裙摆，感觉很荒谬，像是玛丽阿姨[①]扔掉了阳伞。这时一阵微风吹来，他开始加速上升。他一只手抓着床罩，另一只手将天灯攥在胸前。他看到迪尔德丽抬起的脸逐渐变成圆圈，看到她在挥手，但是自己腾不开手向她致意。他还看到另外几个人从维尤路上向他挥手，看到他们的手电筒照在他身上，看到当他慢慢升高时，他们凑到一起。

微风将他吹偏了一些，让他想起在结冰的地面上前往信箱时滑到了一边，但是当他把迎风方向的床罩适当解开，他的身体又稳定了下来。平稳持续不了多久，但是没关系。此时此刻，他只想往下看，看看他的朋友们——迪尔德丽在草坪上的轮椅边，其他人站在街上。他经过卧室窗户，看到台灯仍然点亮，在床上投下一道黄色的亮光。他能看到书桌上的物件——手表、梳子、一小叠钱，他再也无法触摸这些东西。他越升越高，月光皎洁，他能看到谁家小孩的飞盘卡在了屋顶的一角，或许在他和诺拉买下这栋房子之前飞盘就已经扔在那儿。

或许这个孩子现在已经长大，他想，在纽约当作家，或

① 美国电影《快乐满人间》(1964)中的仙女保姆。

者在旧金山干体力活，抑或在巴黎画画。这是个谜。这真是个谜。一切都是谜。

这时，他感受到屋内逸出的暖流，开始加速上升。视野里整个镇子逐渐显露出来，仿佛无人机或者低空飞行的飞机上看到的景象，主街和维尤路上的路灯仿佛串联的珍珠。他能看到迪尔德丽一个多月前点亮的圣诞树，这棵圣诞树将在镇广场上矗立到二月一日。

天上很冷，比地上冷得多，但是没关系。他抛开床罩，看着它落下、展开、减速，像降落伞一样，几乎没有重量。

每个人的结局都是如此，他想，或许，到最后每个人都得如此。或许在死亡来临之际，每个人都会升天。

他举着天灯烟火，用指甲擦燃了引信。什么都没发生。

去他的，点火啊。我没有吃好最后的晚餐，至少让我许下最后的愿望吧？

他又擦了一下。

“看不到他了，”米西说，她开始哭泣，“他消失了，我们也该……”

“等等。”迪尔德丽说。她已经走到街上，跟大家站到一起。

“还等什么？”鲍勃医生问。

“等一下就好。”

于是，大家眼睛注视着黑暗的天空，继续等待。

“我想不会有什么……”迈拉说。

“再等一下。”迪尔德丽一边说，一边在想，加油啊，斯科特，加油，你已经接近终点线，冠军是你的，撞线是你的，别搞砸了。不要窒息。加油啊，伙计，让我们看看你的能耐。

突然，空中绽放出缤纷的焰火，颜色有红的、有黄的、有绿的。之后停顿了片刻，紧接着爆发出一阵绚丽的金色，闪烁的焰火瀑布在空中流淌，流淌，流淌，仿佛永远不会停止。

迪尔德丽拉起米西的手。

鲍勃医生拉起迈拉的手。

他们等待着最后的金色闪光消逝，回归黑暗的夜色。在他们头顶的某处地方，斯科特·凯里挣脱引力，仰望繁星，不断上升到新的高度。